集英社オレンジ文庫

映画ノベライズ

不能犯

希多美咲

原作／宮月　新・神崎裕也

本書は書き下ろしです。

CONTENTS

映画ノベライズ
不能犯

犯罪を意図した行為でも
その実現が不可能であれば、
罪に問われない。

これを『不能犯』という。

――あー、マジ死んでほしいあいつ。殺したい！

――ハハハハ。じゃあさ、電話ボックスの男に頼めば？

――え、なにそれ？

――どっかの公園にある電話ボックスの裏っかわに、殺したい理由と、連絡先残しといたら……

――殺してくれるの？

――そ。タダでやってくれるんだって。ただし……。

――ただし、なに？

――殺したい気持ちが純粋じゃないと頼んだ人も――

第一章

平日金曜の午前中、客もまばらなカフェ内の空気は異様に張り詰めていた。

二階の中央から漂う凄《すご》みを遠巻きに眺めながら、客たちは眉《まゆ》をひそめる。

白いスーツに赤いシャツ。腕には高級時計を身につけ、チャラチャラと派手な装いでタバコをふかしている男の名は、木島功《きじまいさお》。

いわゆる闇金を生業《なりわい》としているチンピラだ。

静かながらもドスのきいた声で木島は携帯電話の相手を脅《おど》していた。

「明日までに支払わないと、ウチの部下がなにやるかわかんないよ。……怖いか？　怖いかって聞いてんだよ。……だよな？」

電話の向こうにいるのは、この男に金を借りた哀れな羊だ。

闇金と知らずに借りたのか、はたまた知っていて借りたのか。どのみち、この羊は地獄の淵《ふち》に自ら足を踏み入れたのには変わりない。

惨《みじ》めに救いを求める声も木島には届きはしない。この羊のように、地面を這《は》いつくばる人間はごまんと見てきた。慣れと元々あわせ持った性格が木島を残忍な狩人《かりゅうど》にしていた。

「人生を終わらせたくなかったら、きっちり金用意しとけ、わかったな！」

言い捨てるなり、木島は通話を切った。電話を机に放り投げ、一服する。

これで金が用意できなかったら、羊の始末をどうつけようかと残酷《ざんこく》な思案をしていると、ふと木島の前に見知らぬ男が立った。

「あ？」

木島は気分を害して男を上から下まで睨《ね》めつけた。

男は黒いスーツに黒いネクタイ、そして黒の靴《くつ》と、全《すべ》てを黒で固めている。葬式帰りかと嘲笑《ちようしよう》したくなったが、木島はその言葉を呑《の》み込んでしまった。

瞳の大半が前髪で隠されているせいで、男の表情がほとんど見えないのが不気味だ。威《い》嚇《かく》するようにタバコの煙を吐き出すが、男は微動だにしない。

「なんだ、お前」

不快感をあらわに声を荒げると、男は静かに口を開いた。

「——あなたは、人生が終わるときのことを想像したことがありますか？」

予想外の台詞《せりふ》に、木島は鼻で笑った。職業柄《がら》、恨みを買うことが多いので妙な警戒をしてしまったが、なんのことはない。ただの勧誘だったようだ。

「なんかの宗教か？　それとも占い師か？　人を見て声かけてきやがれ。邪魔だ、消えろ！」

木島が犬でも追い払うような仕草を見せると、黒いスーツの男は茶色い紙袋をテーブルの上に置いた。重い音から察するに瓶《びん》でも入っているらしい。

「なんだ、そりゃ」

紙袋の中身も気になったが、木島は男の人差し指のタトゥーにも目を奪われた。

黒いバラのツルが絡みついているような不思議なタトゥーだ。

木島が気を取られている間に、男はテーブルの上に置いてあった小瓶のガムシロップを素早くコップの水に入れた。

戸惑う木島に向かって、男はガムシロップ入りの水をぶっかける。

「てめぇ！」

木島は激昂《げっこう》して立ち上がった。

「なにしやがる、殺すぞ！」

その瞬間だった。黒いスーツの男はニタァと笑い、初めて左目を見せた。

「――っ！」

男の左目が、一瞬で赤く染まる。

さっきまで男の瞳は深淵《しんえん》のような黒だったはずなのに、いったいどうしてこんな現象が起こるのか。

血だまりの色に見据えられ、木島はゾッとした。

「……その匂《にお》い、スズメバチが好むんです」

呟《つぶや》いた男は、紙袋から大きな瓶を取り出した。瓶の中には大量のスズメバチが詰められている。


「！」

木島は悲鳴を上げそうになった。単純にスズメバチの瓶詰めの気持ち悪さにやられたのもある。だが、それ以上に木島を混乱させたのはわけのわからない恐怖感だ。

ヌメヌメと体中を虫が這いずり回っているかのような、据わりの悪さ。

いったい自分はどうしてしまったのか。

木島は震える手でスーツの内ポケットに手を伸ばした。中には違法に入手した拳銃が入っている。店が騒ぎになるのを承知で銃を取り出そうとしたとき、男がおもむろに瓶の蓋《ふた》を開けた。

とたん、スズメバチが一斉に瓶から舞い上がり、木島に襲いかかる。

「うわっ！　うわあああああ！」

椅子《いす》から転げ落ちた標的に向かって、スズメバチは容赦《ようしゃ》なく攻撃を加えた。

払っても払ってもスズメバチの針は木島を刺し続ける。

「ひぃ、ひぃぃぃぃぃ！　いてぇ、いてぇよぉ！」

顔も手も足も全てが腫《は》れ上がり、痛みと毒に犯された木島は、もがき苦しむしか術《すべ》がない。

「たすけてくれえええ！」

「……」

床の上で転げ回る木島の姿は、滑稽《こっけい》以外の何ものでもなかった。

客たちの表情が唖然《あぜん》としたものに変わる中、黒いスーツの男は、木島の無様《ぶざま》な踊りをただ冷酷に見下ろしていた。

※

杉並《すぎなみ》区内にある、小さなボロアパートの通路を歩く男女の姿があった。

長い髪をなびかせ、颯爽《さっそう》と歩を進める女の名は多田友子《ただともこ》。杉並北警察署に勤務する巡査部長だ。

肌は白く、目は人形のように大きい。しっとりとした唇は紅《べに》をさしていないのに赤く、どこか日本人離れした色気を感じさせる。一目見れば誰もが振り向く美女だが、その表情はいつもより厳しい。

隣を歩くのは百々瀬麻雄《ももせあさお》巡査。杉並北署に配属されて二週間になる多田の後輩だ。

美人と名高い多田の隣に並んでも見劣りしないほど整った顔立ちをしているが、刑事としての経験不足のせいか、必死に彼女についていく姿が少し頼りなく見える。

多田は背後の百々瀬を見もせずに言った。

「行くよ、新人。聞き込みの体《てい》で探るから、よく見てて」

「はい！」

元気よく返事をした百々瀬だが、すぐに肩を落として多田の背中に遠慮《えんりょ》がちな声をかけた。

「あの、多田さん……。僕、百々瀬です。配属されてもう二週間になるんですから、そろそろ名前で……」

「呼びたくなったら名前で呼んであげる。私には私のルールがあるから。それは絶対に曲げないの」

多田は百々瀬の願いを一蹴《いっしゅう》した。

別にお高くとまっているわけではないが、多田には刑事としての高い理想がある。捜査官として自分が一人前と認めない限り、彼は新人のままだ。

少しガッカリしている百々瀬を尻目に、多田は一〇五号室のドアの前に立った。躊躇《ちゅうちょ》せずに呼び鈴を押し、先ほどまでとは打って変わったかわいらしい声で呼びかける。

「すみませーん」

表情まで愛らしく変わってしまった先輩に百々瀬が面食らっていると、多田はもう一度呼び鈴を押した。

「すみませーん」

すると、ようやく内側からドアが開き、若い男が出てきた。寝ていたのだろうか。男の髪はボサボサで、服装もTシャツにスウェットパンツという軽装だ。見た目から思うわけではないが、態度も顔もいかにも軽薄そうだ。

「なに?」

不機嫌を隠しもしない男に向かって、多田は笑顔のまま警察手帳を見せた。

「こんにちはー。杉並北警察署の多田と申します。上野琢己《うえのたくみ》さんですよね?」

「……ああ、まぁ」

「高円寺《こうえんじ》のアパートで、ある女性が首を吊って亡くなった件でお話を伺《うかが》いたくてー」

多田はまだ笑顔のまま一枚の写真を見せた。

「この女性――」

とたん、上野は多田を突き飛ばし、玄関を飛び出した。

多田の真後ろにいた百々瀬も体勢を崩し、男を捕らえるタイミングを逃してしまう。

「クソッ！　行くよ！」

そういうところが新人なのよ、と内心で毒づき、多田は上野を追った。

素直についてくる百々瀬は意外にも俊足で、軽々と多田を追い越す。

住宅街から寂れた飲み屋街まで来たとき、上野は路地に逃げ込んだ。それを追う百々瀬を確かめ、多田は反対方向へ向きを変える。

狭い路地裏で、上野は自転車を次々に倒し道を塞《ふさ》いでいくが、百々瀬はそれをなんなく飛び越えた。

身体能力には自信があるのだ。なんとしても上野を捕らえなければ、先ほどの失態は取り戻せない。

尚も逃げようと走る上野にようやく追いついたとき、路地の反対側から多田が飛び出してきた。

挟み打ちされた上野は、近くにあったダンボール箱を多田に投げつけた。

相手は死にものぐるいで逃げようとしている。それでも多田は冷静に居酒屋の裏口に掛けてあった傘を手に取ると、向かって来る上野の足に柄を引っかけた。

「うわあ！」

転んだ上野に百々瀬が飛びかかり、手錠《てじょう》を掛ける。

全速力で走ったせいで息も切れ切れだったが、百々瀬は誇らしく叫んだ。

「上野琢己、公務執行妨害で現行犯逮捕！」

「新人、時間！」

即座に多田に叱《しか》られ、百々瀬は慌てて時計を見た。

「十一時十七分、公務執行妨害で現行犯逮捕！」

多田は尚も暴れる上野の身動きを防ぐように右腕をねじり上げた。

「逃げたってことは、あんたやったね！　全部話して一から出直せ、この美女が力になってやるから！」

「ちくしょぉぉぉぉ！」

自賛が入った多田の言葉に小馬鹿にされたと感じたのか、上野は獣のように吠えて頭を激しく振った。

それを百々瀬が押さえつけると、多田が颯爽《さっそう》と立ち上がった。

「帰るよ、新人」

「はい！」

二人は、捕らえた容疑者をそのまま杉並北警察署へと連行した。

取調室に放り込む頃には、上野はすっかりおとなしくなっていた。抵抗する気力を失ったのかもしれない。

「――で、あんたがやったんだね？」

殺された女性の写真を机の上に置き、何度も繰り返し尋ねると、根負けしたのか上野が軽く頷《うなず》いた。

ここに入ってどれくらいたっただろうか。

時間はかかったが、ようやく自供した上野に多田はホッとする。

もっと粘る輩《やから》に比べると上野は素直だ。捕らえたその日のうちに白状する容疑者の方が稀《まれ》なのだから。

「他にかかわった人間がいるなら話して」

多田は彼を優しく促す。この事件の黒幕を暴き、手錠を塡《は》める。それこそが、事件解決のゴールだ。


一時間ほど上野と話した多田は、大きく息を吐きだした。

「――よし、とりあえずここまでにしとこうか」

ある程度の詳細はわかった。

ここは一刻も早くその黒幕を捕らえに動いた方がよさそうだ。

多田は上野を留置場へ入れると、すぐに上司へ電話をかける。

「——もしもし、多田です。高円寺のアパートの件ですが、上野が自供しました。黒幕は木島金融の木島功だったようです。被害者の借金を保険金で回収するため、奴の依頼で自殺に見せかけて殺したそうです。木島は……——え？　死んだ⁉」

「！」

衝撃と共に上司から語られたのは、黒幕、木島功の悲惨《ひさん》な末路だった。

上司との電話を切り、多田はしばらく考え込む。

今まさに捕えようとしていた容疑者の死。長年刑事をやってきて、一番悔《くや》しいパターンだ。

「なんなの。もう」

「多田さん」

「とにかく——現場に行くよ、新人」

「はい」

情報を元に、多田と百々瀬は休む間もなく警察署を飛び出した。

現場のカフェに到着すると、すでに鑑識や刑事たちが捜査に当たっていた。

多田は木島の遺体を覆《おお》ったシートを捲《めく》る。そこには、目をそむけたくなるほど無残な木島の遺体があった。

「うわっ！」

「おい、新人」

背後で百々瀬が声を上げたので、とっさに叱《しか》ったが、正直多田も直視するのは避けたかった。

木島の顔は、ボコボコに腫《は》れ上がり、まるで虫に刺されたような小さな痕が複数見受けられる。よほど苦しんだのか、見開かれた両目は白目をむいていた。

多田がシートを元に戻すと、百々瀬が丁寧《ていねい》に合掌《がっしょう》した。

彼のそういうところは嫌いではないと思いつつ、遺体の側にあるテーブルを見ると、枯れた葉が入った瓶《びん》が置いてあった。

腕を組んで覗《のぞ》き込んだ多田に、百々瀬が声をかける。

「……多田さん。なんですかね、これ」

「どう見ても、枯れ葉でしょ」

事件とは関係がないように見える枯れ葉に首を傾《かし》げていると、一階へ繋《つな》がる階段から「ご苦労さん」と声が掛かった。

　現場に上がってきたのは、杉並北署の刑事課係長の赤井芳樹《あかいよしき》と、多田の先輩に当たる夜目美冬《よめみふゆ》だった。

「お疲れ様です」

「お疲れ様」

　多田が一礼すると、夜目は優しい笑顔を浮かべた。

　夜目はキャリア組だが、まだ若く署内でも一、二を争う美人だ。多田にとってはなんでも相談できる姉のような存在で、最も尊敬する先輩の一人だった。

　係長とキャリアの先輩が同時にやって来たので、百々瀬は緊張している。そんな彼を尻目に、夜目は事件の経緯を説明してくれた。

「店員の証言によると、木島は黒いスーツの男に水をかけられた後、突然苦しみだしたようよ」

　多田はふと眉《まゆ》を寄せた。『黒いスーツの男』というフレーズに心当たりがあったのだ。

「夜目さん、黒いスーツの男ですか？」

「ええ。なに？」

「はい、ちょっと……」

「――まぁ、毒殺だろうな」

考え込む多田に結論を示すように、赤井が呟《つぶや》く。そこへ、同僚の刑事若松亮平《わかまつりょうへい》が脇へ寄ってきた。

彼は多田の後輩だ。年齢はそう変わらないが、かなりの童顔で学生に間違えられることもしばしばだった。

それがコンプレックスになっているのか、こんな仕事をしていると、童顔が妨げになるとよく嘆《なげ》いている。

「多田さんも、防犯カメラの映像をごらんになりますか?」

「うん、見せて」

百々瀬と共に若松についていくと、一階のスタッフルームに案内された。録画されている防犯カメラの映像は、多田の予想から大きく外れていた。

確かに画面には被害者の木島と黒いスーツの男が立っている。だが、黒いスーツの男は木島に何もしていないのだ。

いや、何もしていないというのは語弊《ごへい》がある。あえていうならガムシロップを入れた水をぶっかけて、枯れ葉入りの瓶の蓋《ふた》を開けただけだ。

それだけで、木島はまるで何かを追い払うような仕草を見せ、逃れるように床に転がって暴れていた。

だが、画面には何も映っていない。いったい、木島は何に襲われているのだろうか。

「わかんないな」

しかし、あの苦しみようは尋常《じんじょう》じゃない。なにか外的要因があるとしたら……

「……やっぱり、毒なのかな」

多田が呟いた瞬間、黒いスーツの男がこちらを向いた。

「――!」

防犯カメラの場所がわかっているのか、彼はゆっくりと口角をあげていく。その不気味な笑みに、多田は寒気を覚えた。

男の顔が意外に整っていることが、違和感に拍車を掛けている気がする。

薄い唇に筋の通った鼻。切れ長でキレイな二重《ふたえ》の瞳。それをあえて隠すような長い前髪。

うっかり男の美貌《びぼう》に吸い込まれそうになり、多田は大きく身震いした。

※

「――え？　毒じゃない⁉」

カフェの防犯カメラの映像を署に持ち帰り、自分のデスクのパソコンで黒いスーツの男を何度も見返していると、耳に赤井の声が滑り込んできた。

多田が思わず振り返ると、赤井と夜目の元に鑑識の河津村宏《かつむらひろし》と前川夏海《まえかわなつみ》がいた。いつ刑事部屋に来ていたのだろうか。パソコン画面に夢中でまったく気がつかなかった。

「毒じゃないって、どういうことだ」

赤井が納得いかない表情で、河津村に聞いている。

河津村は、この道一筋のベテラン鑑識員だ。刑事たちからの信頼も厚い。その彼に向かって赤井が不審な声を出すのはよほどのことだった。

「被害者がかけられた水は正真正銘《しょうしんしょうめい》、単なるガムシロップ入りの水ですねぇ。瓶の枯れ葉を含め、全《すべ》て毒物反応なしです」

「全身の腫れは原因不明。死因は心筋梗塞《しんきんこうそく》です」

河津村と夏海の説明を聞きつつ、多田は赤井に近づいた。

「赤井さん、私ちょっと気になることがあるんですけど」

「なんだ」

「……実は、三ヶ月前に港《みなと》区で似た事件が起きてるんです。警察学校の同期から聞いたんですが……」

多田は同期の言葉を思い出すように両腕を組んだ。

それはとても不思議な事件だった。港区内の住宅街で、ある女性が男に刺されたと言い残して死亡した。検死の結果、刺された形跡は一切なく、女性は無傷。死因は心筋梗塞と特定。事件として処理はされなかった。

「実は、ここでも黒いスーツの男が目撃されてるんです」

「黒いスーツの男が？」

「はい。たまたま通りかかった通行人が、現場から立ち去る黒いスーツの男を目撃しています。後ろ姿ですが写メも撮っていました。……ちなみに、死亡した女性は、複数の結婚詐欺《さぎ》の容疑者だったらしいです」

「……結婚詐欺ねぇ」

「ちょっと来てください」

多田はその場にいた四人を自分のデスクへと誘導した。

パソコンには、まだカフェの防犯カメラの映像が映っている。多田は黒いスーツの男が振り向いたところで一時停止した。

「この男が、港区と今回の事件の殺人を請け負った可能性があると推測します」

「証拠は？　同一人物かどうかもわかんねぇだろ」

赤井は多田の意見に賛同しかねるようだ。夜目も頷《うなず》いている。

「いずれにしろ、不能犯ですね」

多田は夜目の言葉に反論することができなかった。

犯罪を目的としながら、犯罪の実現が不可能な行為――。

例えば明確な殺意を持って呪いの呪文を唱えても人は殺せない。結果にかかわらず、その行為自体は犯罪の成立が不可能。

「確かに、不能犯ですね」

悔《くや》しいが、そう結論づけるしかない。

気を遣ってか、若松が「死亡してますから、犯罪が実現してるとも言えますけど」と多田をフォローしたが、夜目は大きく首を横に振った。

「ガムシロ入りの水で人は殺せないでしょ。不能犯は不能犯。木島は突然死」

赤井も同意するように、夜目を指さした。

「それ。そういうこと。――お前ら余計な仕事増やすなよ」

「……証拠がでないんじゃねぇ」

夜目や赤井だけでなく、鑑識の河津村までもが多田から離れていく。

納得がいかず、画面の黒いスーツの男をしつこく睨《にら》み続けていると、場違いとも思える声が刑事部屋に響いた。

「出前お持ちしましたー」

部屋の入口を見ると、調理人の格好をした若い青年が弁当の包みを持って立っている。

「おー、タケルー」

多田は一気に破顔《はがん》して、眼鏡《めがね》の青年に手を振った。青年は礼儀《れいぎ》正しく一礼して、刑事部屋に入って来ると、弁当の包みを多田のデスクに置いた。

「多田さん、お疲れさまです」

「タケルが持ってきたの久々じゃない？」

「はい、今日は櫻井《さくらい》さんが早く上がったんで、代わりに。……珍しくデートだそうです」

「デート？　櫻井君が？」

「はい。数年ぶりらしいっすよ」

自分が勤める和食居酒屋の先輩のプライベートを暴露し、川端《かわばた》タケルは親しみのある笑顔で多田の心をほぐした。

タケルが持ってきた夜食を食べ終わり、多田は晴れぬ心のままタバコの先に火をつけた。

喫煙所《きつえんじょ》の椅子《いす》に座って黒いスーツの男のことを考えていると、カップ麺《めん》を手にした百々瀬が入ってきた。

「あの防犯カメラの男の顔、すっげぇむかつきますね！」

「新人、声がでかい」

ともすれば喫煙所の外にまで響きそうな声だったので、多田は反射的に注意した。

「あっ、すみません……あの、百々瀬です」

百々瀬はしゅんとして、多田の向かいの椅子に腰掛ける。カップ麺からは湯気が上がり、おいしそうな匂《にお》いが漂っていた。

「上野の自供は？」

「はい。細かい話の内容も辻褄《つじつま》は合ってますね」

「うん、了解。——あとは任せるから、報告書よろしく」

「はい」

食べ頃になったのか、百々瀬はおいしそうにカップ麺を啜《すす》る。それをなんとなく見ていると、喫煙所のドアが開いた。

「多田さん、お疲れ様です」

「おう」

見ると、タケルがドアの外で弁当の包みを掲げていた。彼の笑顔は多田の心を自然と明るくする。

「回収です。また店でお待ちしてまーす」

「うん、近々ね。おいしかったよ。大将によろしくー」

「はい、ありがとうございます」

多田と百々瀬に一礼し、タケルは去って行った。それを見ていた百々瀬は思わず口を開く。

「イケメンですね」

百々瀬の正直な感想に、多田は頰《ほお》を緩《ゆる》めた。

タケルの目は驚くほど大きい。インテリ風の眼鏡《めがね》を掛けていても目力を抑えられないほどだ。しかも目尻が上がっているので、とてもキリリとして見える。おまけに鼻が高いので、全体的に彫刻のような凜々《りり》しさがあった。

「彼はね、川端タケル。私が少年課にいたときお世話した子でね、二年前に少年院から出たんだけど、紹介したお店でもう調理場を任されてるんだよね」

なぜか我がことのように、多田が自慢する。百々瀬はどこかほっこりした気分で苦笑した。

「へぇ。美女が本当に力になってあげたんですね」

「ま、そういうことになるかな……」

はにかみながらも否定をしない多田に、百々瀬はますますおかしくなった。

「男前だなぁ」

「ん？」

「いえ」

一瞬、多田の顔が怖くなる。口は災《わざわ》いの元だと反省しながら、百々瀬はひたすらラーメンを啜って誤魔化《ごまか》した。

第二章

平凡なサラリーマン、羽根田健《はねだけん》は幸せの絶頂にいた。

社会人になってすぐに知り合った桃香《ももか》と順調に交際を重ね、去年めでたく結婚。三ヶ月前に二人のためのマイホームも購入した。

妻の桃香は美人で優しく、良く気のつく女性で不満は一つもない。

これで子供でもできれば、健の幸福は完璧《かんぺき》なものになるだろう。

今日は福岡《ふくおか》からの出張帰りだ。家には愛する桃香の笑顔が待っている。一週間ぶりの愛妻の笑顔を見たい一心で、健はいそいそと扉を開けた。

「桃香、ただいまー。ごめんね、一週間も」

仕事の疲れを微塵《みじん》も見せずに健は声を弾ませた。キッチンで迎えてくれたのはエプロン姿の新妻だ。

「健ちゃん、お帰り」

「うん。はい、これ」

出張先の土産《みやげ》を渡すと、桃香は子供のように喜んだ。

「わー。ありがとう。福岡どうだった？　おいしい物食べた？」

「いや、時間がなくてさ。――ん？　いい匂《にお》いだね」

リビングには、どこかオリエンタルな香りが漂っていた。桃香は窓際でたいてるアロマに近づき、かわいらしい笑顔を浮かべる。

「でしょ？　今日はイランイランにしてみた。どう？」

彼女はアロマに凝《こ》っているのだが、今日は出張先で疲れてるだろう健のために、気持ちが落ち着く香りを選んだという。

妻の心遣いににじんとして、健は思わず背中から桃香を抱きしめた。

「最高」

「ふふふ……」

一週間も離れていたせいか、妻恋しさが募《つの》っていた健は我慢できずに桃香にキスをした。このままあわよくば寝室になだれ込もうとすると、突如、桃香が悲鳴を上げた。

「きゃあ！」

「ど、どうしたの？」

驚く健に、桃香は震える指先を窓の向こうに向ける。

「い、今、塀《へい》の向こうから鳥森《とりもり》さんが見てた」

「えっ、鳥森さん？」

健はよくよく窓の外を見てみるが、隣家との境になっている塀の側には誰もいない。

「気のせいだよ。鳥森さんが覗《のぞ》きなんかしないでしょ……」

鳥森は羽根田家の隣に住む七十過ぎの老人だ。現在は妻に先立たれ一人暮らしをしているが、町内会の会長なども務める精力的な人物だった。

健たちも、ここに越してきた直後はいろいろと世話になった。

町内の治安にも気を配り、なにかと親切な彼が、覗きなんて下品なことをするはずがない。

健が見間違いだと軽く笑い飛ばすと、桃香は不安そうに身体を寄せてきた。

少しでも安心させてやりたくて、健は彼女を優しく抱きしめる。

「このところ出張続きだったから、ひとりで不安だったんだよね」

「うん……」

「ごめんね。上司にはなるべく出張を減らしてもらえるよう、お願いしてみるから」

「ありがとう。でも、無理しないでね。健ちゃん」

桃香は気丈に微笑《ほほえ》むと、嬉しそうに健の胸に顔をうずめた。


翌朝、健は会社に向かうため桃香に見送られて家を出た。とたん、ギョッとする光景に出くわし足が止まる。

羽根田家の前にあるゴミ置き場で、腰をかがめた鳥森が一心不乱にゴミ袋を漁《あさ》っていたのだ。

「ちょっ！　と、鳥森さん！　そ、それうちのゴミでしょ！」

強く抗議すると、鳥森は顔を上げて健を睨《にら》み付けてきた。彼は羽根田家のゴミ袋から取り出したペットボトルを手に健に迫ってくる。

「変なものが入ってないか調べてるんですよ！　今日は燃えるゴミの日！　社会のルールを守りなさいって、奥さんにしっかり伝えときなさい！」

「……っ」

思いがけず怒鳴りつけられて、健はあまりの迫力に後ずさった。

「な、なんだよ……」

昨日の桃香の言葉が脳裏《のうり》をよぎったが、健は言い返すことができずにその場を後にする。

基本的に健は平和主義者だ。いくら相手のしていることが非常識でも、カッとなってすぐにケンカに持ち込むのはよくないと思っている。

鳥森の言うとおり、ルールを破っていたのはこちらの方なのだとしたら、いったん冷静になって、彼のしていることの意味を考えてみなければ、強く抗議する資格はない。

とはいえ、いったい、なんなのだ。

あの温厚な老人が人の家のゴミを漁るなんて尋常《じんじょう》じゃない。ひょっとして、自分は今まで鳥森の人間性を見誤っていたのだろうか。

悪い人ではないと思っていたのに、と残念に思いながら、健は溜息をついた。

なるべくご近所とはうまく付き合っていきたい。この先、妙なトラブルに巻きこまれでもしたら、桃香がかわいそうだ。

その日一日、健は仕事が手につかなかった。

妙な胸騒ぎは、時間が経つほどに大きくなっていく。冷静になれ冷静になれと自分に言い聞かせても、今朝の鳥森の形相《ぎょうそう》が思い出されて不安が募るばかりだ。

やはり桃香が言ったとおり、昨夜、鳥森は羽根田家を覗いていたのかもしれない。

そう思うと妻が心配でいてもたってもいられなくなった。

仕事が終わったら急いで帰宅しよう。そう心に決め、健は出張先で抱えた仕事を早く片付けることに専念した。


健が家の扉に手を掛けることができたのは、夕方六時を過ぎた頃だった。

定時に会社を出られたのは、出張疲れもあるだろうと上司が気を遣って早く帰してくれたおかげでもある。

「ただいま！」

恵まれている環境に感謝しながら、健は家の中に声を掛けた。だが、いつも元気な桃香の返事はなかった。代わりに、しゃくり上げるような泣き声が聞こえる。

「桃香？」

リビングの扉を開くと、桃香がソファに座って泣いていた。なぜか服は肩まではだけ、スカートも乱れている。

健は腹の底から沸き上がってくる何かに悲鳴を上げたくなった。

「も、桃香、どうしたんだ。桃香！」

肩を摑《つか》んで愛《いと》しい妻を問い詰めると、桃香は泣きじゃくってグチャグチャになった顔を健に向けた。

「……ごめんなさい。夕方ね、風を通そうと思って窓を開けてここでウトウトしてたら……と、鳥森さんが――」

「えっ⁉　鳥森さんが何！　入ってきたの⁉」

桃香は小さく頷《うなず》いた。愕然《がくぜん》として健が床を見ると、窓から桃香の元まで靴跡《くつあと》が続いていた。

「……何かされっ……されたの、桃香！」

「ごめんなさい。窓を開けてた私も悪いの」

桃香の肩には鳥森に掴まれたらしき痣《あざ》が残っていた。その痛々しい姿に、妻の身に何があったのかを悟った健は怒りに打ち震えた。

「あんのエロじじい！」

怒号と共に、健は家を飛び出した。隣家の呼び鈴を何度も押すと、無愛想な顔で鳥森が出てきた。

昨日までは穏やかそうな老人だと思っていたのに、今はこの男の人相が下卑《げび》て醜悪《しゅうあく》なものにしか見えない。

鳥森は健が来ることを見こしていたのか、うっとうしそうに舌打ちした。

「しつこく鳴らさないでくださいよ」

「あ、あんた、妻に何したかわかってんのか！　警察を呼ぶぞ！」

鳥森に摑みかかろうとすると、老人は表情一つ崩さず健の手を振り払った。

「いいのかい？　そんなことしたら、私はぜーんぶ警察に喋《しゃべ》っちゃうよ？　奥さんも何があったか、ぜーんぶ喋らないといけない！」

「それは……」

「奥さんが今よりも辛《つら》い目にあってもいいのか？　えっ!?　奥さんを愛しているなら、やめときなさい！」

鳥森は自分のしたことを棚《たな》に上げて、もの凄《すご》い剣幕で健を怒鳴りつけてきた。

「……なっ！　何言ってんだ、あんた……っ！　も、桃香は傷ついて……」

異常とも見える鳥森の迫力に気圧《けお》されて、健はそれ以上言葉を発せなくなった。

鳥森の言うとおり、警察に駆け込めば、桃香は自分にどんな悲劇が襲いかかったのか、洗いざらい喋らなければならなくなる。そんな酷《こく》なこと彼女に耐えられるはずがない。

「……くっ」

悔《くや》しいが、こいつの言うとおりだ。泣き寝入りするしかないのか。

「わかったら、さっさと帰んなさい」

震える健を嘲笑《あざわら》うように、鳥森家の扉は乱暴に閉まった。

「ちくしょう……！」

己のふがいなさに押しつぶされながら帰宅した健は、ふとパソコンに目をやった。

なぜか昔聞いたことがある都市伝説を思い出し、無我夢中でパソコンを開いた。

夜更けのパソコンの光が、健の顔を青々と照らす。眠るのも忘れてパソコンにかじりついていると、狂気じみたものが健の心を支配しだした。

きっと今、ここに座っているのは羽根田健ではなく、ただの死神だ。でなければ、こんなサイトを見ているはずがない。

「――健ちゃん」

深夜一時を過ぎた頃、桃香が二階から下りてきた。

彼女に画面が見えないように慌ててパソコンの角度を変えると、桃香はとても悲しそうな顔で言った。

「健ちゃん、私、忘れるから……。警察はやめて。ね?」

辛い目にあったのに、相手に罰を与えることもできない桃香が不憫《ふびん》で、健は立ち上がって彼女を抱きしめた。

パソコンの画面には、都市伝説のスレッドが映っている。

復讐《ふくしゆう》代行の書き込みに混じった胡散臭《うさんくさ》い内容が、闇の中をさまよう健に一筋の光を当てていた。

――電話ボックスの裏に電話番号を書いて貼っておくと、黒いスーツの男が現れて、人を殺してくれる。

『電話ボックスの男は実在する』

『私も殺してもらった』

スレッドに溢《あふ》れる殺し屋の存在を証明する言葉の数々。

本当に、電話ボックスの男は実在するのかもしれない。

桃香を宥《なだ》め、眠りについたのを確かめた後、健はフラフラと深夜の公園に向かった。

闇の中にポツンと電話ボックスが建っている。

健は何かに引かれるように電話ボックスの扉を開けた。自分の名前と電話番号を書いた紙を持参してきたガムテープで貼り付けると、健は声を押し殺して笑った。

これで、後戻りはできない。

桃香を傷つけ、自分たちの幸せをぶち壊した、あの男に制裁を——。


その男から連絡があったのは、二日後のことだった。

待ち合わせ場所に指定されたのは、会社近くの古いビルの裏口だ。健は素直にそれに従い、ビルの石階段に腰をかけた。

——本当に男は来るのだろうか。

自然と顔が下を向いてしまうのは、気が滅入《めい》っているせいだろう。

後悔《こうかい》はしていないが、人殺しを頼むのだ。緊張を隠せないのは仕方がない。

ずっと顔を上げられずにいる健の目に、五分ほどしてからキレイに磨《みが》かれた黒い靴が映った。

見上げると、黒いスーツの男が電話ボックスの裏に貼り付けた健の紙を持って立っている。

「羽根田健さんですね」

――来た。やっぱり来た。電話ボックスの男は実在した！

その男が意外と若かったことに不安を覚えたが、健は雑念を振り払って立ち上がった。

「あ……あなたですか……？　頼めば、あの……」

「濁《にご》りはないですね」

おもむろに、男は健に紙を示した。

「え、え？」

「必要なのは、あなたの純粋な殺意です」

最初は言われている意味がわからなかったが、健はようやく理解して大きく頷いた。

「――わ、私は本気です！　鳥森広志《ひろし》を、こっ……殺してください！」

男は長い前髪の下から、健の表情を観察するように見ている。

「……本当にそれでいいんですね？」

「は……はい！　お願いします！」

男の眼力に圧倒されつつも、健は深々と頭を下げた。

「……」

何も言われないのに不安を感じて顔を上げると、男は冷え切った眼差《まなざ》しでうっすらと笑みを刻んでいた。

※

杉並北署《すぎなみきた》の刑事部屋で報告書をまとめていた多田《ただ》の元に、百々瀬《ももせ》が一冊の本を持ってやって来たのは夜の八時を過ぎた頃だった。

「多田さん、木島《きじま》の事件とその前の港区《みなと》の事件、どちらも死因はプラシーボ効果によるものだと思うんです」

「なに、いきなり。プラシーボ効果？」

「はい。〝思い込み〟です」

百々瀬が持ってきたのは『恐怖のプラシーボ効果』というタイトルの本だった。

胡散臭く感じた多田だが、百々瀬は構わず多田の目線までしゃがんで本を開いて見せた。

「僕、大学で心理学を学んでたんで、それなりに知識があるんですけど……。この本、まさに今回の件に似た事例が載っているんですよ」

百々瀬は本を開くと、複数の死者が写った外国人兵士の写真を見せた。

「例えばこれ、ベトナム戦争での米兵の死者は約六万人。しかしその半数が本来死なずにすんだと言われています」

「どういうこと？」

「腕を撃たれた、指を失った、そんな死なない傷でも『死ぬ』と思い込み、実際に死んだそうです」

多田は怪訝《けげん》な顔で米兵の写真を見る。すると百々瀬が本を捲《めく》った。

「こっちは催眠術《さいみんじゅつ》の写真です」

百々瀬が示したのは昭和二十六年と記された古い写真だった。

一枚目は男女が向かい合っている写真だ。女性の方は目隠しをされていて、男はなにか短い棒のような物を持っていた。

「これ、ただの万年筆なんですが、熱く焼いた鉄の棒だと思い込ませて女性の腕に当てたんです。すると……」

百々瀬は二枚目の写真を指さした。

「女性はこの火傷《やけど》を負ったそうです」

女性の腕には、まるで焼け火箸《ひばし》に当てられたかのような細い火傷の痕があった。

「木島の事件もおそらく、水や枯れ葉を別の物と思い込んだんじゃないでしょうか」

多田は食い入るようにそれぞれの写真を見た。

「じゃあ、港区の事件は、刃物で刺されたと思い込んだってこと……？」

「一種の洗脳――マインドコントロールです」

「……なるほどね」

ないとは言えない症例かもしれない。実際、こうして実験結果もでている。

だが、黒いスーツの男の事件に、それが当てはまるのだろうか。

疑惑と期待の半々で興味を示す多田を、赤井《あかい》が水を差すような言葉で切ってきた。

「――それ、立証できんのか？」

「……赤井さん」

「できないよなぁ」

あまりにもきっぱりと言われ、二人は反論できない。

「……そうですよね」

ようやく摑《つか》んだ糸口かもしれないと思ったが、物事はそううまく転ばないのが常だ。

赤井の言うとおり。催眠術なんて立証する術《すべ》はない。しかも、こんな超常現象じみた話を誰が信じるというのか。

百々瀬なりに頑張って答えを見つけようとしてくれたことは褒《ほ》めてやりたいが、事件解決に繋《つな》がらないのなら、いくら仮説をたてても仕方がない。

「サンキュ、新人。参考になった」

多田が笑顔で本を閉じると、百々瀬は残念そうに頷《うなず》いた。

※

日差しが気持ちいい水曜日の朝だった。

年金暮らしで勤める会社もない鳥森広志は、日課の朝の散歩の途中で、いつも休憩する公園のベンチに腰掛けた。

微《かす》かに聞こえる鳥の声を聞きながら、一服しようとタバコを探るがなぜか見つからない。今朝、家を出るときはしっかりとジャンパーのポケットに入れたと思っていたが、うっかり忘れてきてしまったのだろうか。

「おかしいな」

諦めきれず、ポケットをゴソゴソしていると、何者かにタバコを渡された。

「お探し物はこれですか？」

「……ああ、どうも」

タバコはすでにポケットから出していたらしい。こんなことにも気が付かないとは。やはり歳《とし》だ。

鳥森は自分の衰えに気落ちしながらタバコを受け取り、念願の一服を果たす。

ようやく落ち着くことができたが、なぜかタバコを差し出してくれた男は立ち去る気配がなかった。

気になった鳥森は、ここでようやく男をまともに見た。

黒いスーツに身を包んだ、奇妙な雰囲気《ふんいき》の男だ。若く整った顔立ちだが、纏《まと》う空気は全体的に暗い。

「なんなんだよ、じろじろ見て！　あっ⁉」

やばい類《たぐい》の人間かもしれないと警戒し、鳥森は早く追い払いたい一心で凄《すご》んで見せたが、男は一向にその場を動かなかった。

「おいしいですか？　そのタバコ。たったひと吸いでぶっ飛べる一級品ですからね」

なにをわけのわからないことを言っているのか。

これはいつも自分が吸っているただのタバコだと睨《にら》み付けると、男の目が赤く光った。

「――っ！」

まともに見てしまった鳥森は、怖気《おぞけ》を感じて身震いした。

脳内に見たこともないビジョンが渦巻《うずま》く。

「なんだ、お前は……」

急に全身の力が抜けた。

もしかして、毒を盛られたのだろうか。

額には脂汗《あぶらあせ》がにじみ、胃が意思を持っているかのように暴れている。吐き気を催《もよお》した鳥森は、どうにか落ち着きたくて、急いで持っていたペットボトルの水をあおった。

それでも、体の不調はよくならない。どうしていいかわからず男を見上げると、

「大丈夫ですか？　そんなもの飲んで」

しれっと男が目線をペットボトルに向けた。

「なん……だと……」

ペットボトルの水の中には、ギッシリとタバコが詰められていた。水は真っ黒に染まり、とても人間が飲める代物《しろもの》ではない。

「ひっ！」

愕然《がくぜん》とした鳥森はベンチの上にペットボトルを放り投げた。

次第に座っていることもままならなくなり、鳥森は苦しみもがきながらベンチから転げ落ちる。

「ま、まさかっ……お前……あいつらの、い、……？」

目眩《めまい》と呼吸困難に襲われ、地面に這《は》いつくばることしかできなくなった鳥森は、無念そうに土をかきむしった。

「お、奥さんを……お前らみたいな奴らに……ク、クソッ……！」

鳥森は最後の力を振り絞《しぼ》って男に呪いの言葉を吐こうとするが、とうとうそれは敵《かな》わなかった。

絶命した鳥森の上に、倒れたペットボトルの水が零《こぼ》れる。だが、中にはタバコなど一本も入っていなかった。

「……」

無色透明のキレイな水に濡れていく鳥森の死体を、黒いスーツの男は黙って見下ろしていた。

※

その日の夕方、依頼を達成したという連絡を受けた羽根田健は、最初に待ち合わせた場所で黒いスーツの男と落ち合った。

放心状態のまま、健は男に頭を下げる。

「ありがとうございました……」

人を殺してしまった罪悪感はあったが、今はそれを越える満足感の方が勝っている。

これは正義なのだと心中で自分に言い聞かせる健に、男はＡ４サイズの茶色い封筒を差し出した。

「これ、鳥森さんがお宅のゴミ袋から盗んだ物です」

「……どうも」

訝《いぶか》しげに受け取った健に、不意に男が近づいてきた。

一瞬、怯《おび》えを隠し切れなかった健に、男は耳元で囁《ささや》く。

「今日はこれから出張だそうですね。けど、危険人物から解放された喜ばしい日ですから、早く帰られてはいかがですか？　奥さんもきっと喜びますよ」

そう言うと、男はニヤリと笑って健から離れた。

「全《すべ》て、あなたが望んでいたとおりです」

「……」

背を向けて去っていく男を気味の悪い奴だと見送っていた健は、男の足音が消えた頃、ようやく封筒の中身を見てみる気になった。

どうせ、いやらしい物でも入っているのだろうと、気分を害しながら封筒を開けた瞬間、顔面から一気に血の気が失せた。

しばらく封筒の中を凝視していた健は、驚愕《きょうがく》したままスーツケースを転がして東京駅とは反対方向へ歩きだした。

黒いスーツの男の囁きが、繰り返し耳の奥で響いている。

『――早く帰られてはいかがですか？　奥さんもきっと喜びますよ』

ああ、そうだ。そうに違いない。

桃花はいつだってしっかりと健の留守を守り、帰れば笑顔で迎えてくれた。

これはきっと、なにかの間違いだ。

間違いでなければ、健の周りだけ世界が反転してしまったのだ……。

家に近づくにつれ、聞き覚えのない音楽が響いてきた。重苦しい足取りで我が家に辿《たど》り着くと、どうやらその爆音は羽根田家から流れているようだった。

健も桃香も滅多《めった》に聞かないクラブミュージックが、頭の中をガンガンと打ち鳴らす。ドアを開けてリビングに入ると、昼間なのにカーテンが閉められ、室内に煙が立ちこめていた。

テーブルの上には麻薬とみられる粉末や注射器、吸引道具が置かれ、床には見たことのない女が二人、下着姿で寝そべっていた。

呆然《ぼうぜん》として奥へ進むと、ソファの上で厳《いか》つい入《い》れ墨《ずみ》をさらした半裸の男が、Tシャツ一枚だけの桃香に寄り添っていた。

「なんだ……これ」

思わず呟《つぶや》くと、男が健に気がついた。その目はぼんやりとしていて、完全にクスリが回っているようだ。

「あれー、桃香。旦那《だんな》帰って来ちゃってるじゃん」

薄ら笑いを浮かべる男に、桃香がようやく健に目をやった。

「えっ？……健ちゃん？」

床に寝ていた女二人が、クスクスと笑いながら、立ち尽くす健の体に絡みつく。不意を衝《つ》かれて尻餅《しりもち》をついた健の手から、黒いスーツの男から受け取った茶封筒が落ちた。飛び出したのは注射器と、小さなメモ帳だ。偶然開いたそれには、鳥森の苦悩が綴《つづ》られていた。

『九月十八日、羽根田さん宅ゴミから注射器を発見。通報すべきだろうか？』
『九月二十五日、柄《がら》の悪い複数の男女が羽根田家に入り浸る。クスリ仲間だろうか』
『十月七日、奥さんの説得を試みるも、拒絶。自分だけの胸に収めておくのは限界なのかもしれない』

十月七日。それはちょうど鳥森が桃香に乱暴したとされる日だ。そして、健が電話ボックスの裏にメモを貼り付けた日でもある。

——そう、鳥森広志の殺害を決意したあの日だ……。

麻薬のせいか、桃香は覚束《おぼつか》ない足取りで健に近づいてきた。
「健ちゃん、ごめんなさい……。とっ、鳥森さんに、クスリやってるところを見られちゃって——」

心が完全に引いてしまった健に気がつかず桃香は続けた。
「こんなことやめろって怒鳴られて、それで泣いていたら、健ちゃんが帰って来ちゃって……とっさに嘘ついちゃったの」

健はショックで全身を強張《こわば》らせた。

「あ、あのね、この人たちはクラブで知り合って……」

入れ墨の男を振り返る桃香に、男は鼻で笑った。

「旦那さんさ、気づいてたんじゃねぇのぉ？　なぁ、だろ？」

もう、なにも考えることができなかった。

裏切っていた桃香への怒り。クスリへの嫌悪。そして、鳥森を殺してしまった自分の愚かさ。その全てがおぞましかった。

「ねぇ、ばれちゃったから……もう頑張って匂《にお》い消さなくてもいいよね？　私ずっとこうやって健ちゃんと会いたかったの。ねぇ、健ちゃんも一緒にしよ？　しようよ、ねぇ？」

すがりついてくる桃香を突き飛ばすと、健は半分無意識に重いガラスの灰皿を手に取った。

猛獣のように突進し、無言でソファの男を殴《なぐ》りつけると、グシャッと鈍い音がして男が倒れた。男は、一撃で人形のように動かなくなった。それでも、健は湧き上がる怒りのまま、男を容赦《ようしゃ》なく殴る。

目の前の男の顔が血に染まり、人の形を保っていなくても構わなかった。殴って殴って殴り続ければ、そのうち男の体は魔法のように消える。

これで、何もかも無かったことにできる。

目の前にあるものを消せば、きっと全てが元通りになる。

妄想なんかじゃない。

——でなければ……。でなければ……！

「きゃあああ！」

悲鳴を上げた女たちが逃げようとするが、クスリのせいでお互いに絡まって倒れるだけだ。

ゆっくりと彼女たちを振り向き、健はユラユラと近づいた。頭がぼんやりしているせいか、テーブルにぶつかってしまったが、痛さなんか感じなかった。

衝撃でラジカセの爆音が止まっても、健を正気にはしてくれない。

「いや、やめて！」

「来ないで！」

女たちは、なんとか健から逃げようとするが、腰が抜けて後ずさることしかできない。

そんな彼女たちの髪を摑《つか》んで引き戻し、健は二人ともめちゃくちゃに殴り続けた。

「きゃあああ！」

二人分の悲鳴とともに、カーテンや壁に血が吹き飛ぶ。新築のリビングがおぞましい赤に汚れていくさまを、どこか人ごとのように見ていた健は、今度は桃香を振り返った。

「け、健ちゃん……」

桃香は怯えながら、キッチンから包丁を持ってきて健に向ける。

「やめてよ、健ちゃん。あたしの幸せをとらないでよぉぉぉぉ！」

桃香は絶叫を上げて、健の腹に包丁を突き刺した。

深々と食い込む刃に、健は一瞬自我を取り戻す。

「ぐぁ……っ！　──あ」

それでも、目の前にいるのは自分を裏切った女だ。

健は再び心を闇の中に叩きこむと、手にしていた灰皿を高く振り上げた。

「桃香ああああああ！」

健は思い切り桃香の頭部に灰皿を打ち付けた。

倒れた桃香の側に灰皿が落ちる。

桃香と共に新婚旅行先のガラス工房で購入した灰皿だった。見事な細工《さいく》で、ダイヤのような煌《きら》めきと雪の結晶を模したような形が特に気に入っていた。

なのに、ガラスには血と髪の毛が付着していて、美しさの欠片《かけら》も残されていない。それでも、洗って元の光を取り戻せば、旅の楽しかった思い出が消えることはないだろう。

「忘れてないよね、桃香。俺たちの新婚旅行で買った灰皿だ」

腰をかがめて拾おうとしたが、体は言うことをきいてくれなかった。

なんとか体勢を保とうとカーテンにしがみつくが、カーテンはレールから引きちぎれて健を支えてはくれない。

倒れていく体と共に健の顔は目映《まばゆ》い西日にさらされていく。

そして、健は見てしまった。

あの黒いスーツの男が、窓の外からじっと羽根田家の惨状《さんじょう》を見つめているのを。

健は這《は》って桃香の元まで行こうとしたが、その手は妻には届かない。

「も……桃……香……」

殺すつもりはなかった。殺したくなかった。今でも妻を心から愛している。

たとえ声高に訴えても、今となっては誰も信じてくれないだろう。だが、健にとってはそれだけが真実だ。

愛しているから殺した。

健は瞼《まぶた》の裏に残る黒いスーツの男に、胸を張って言い切った。

愛しているから殺したんです。これで、俺たち元に戻れますよね？　と……。

そして健は、返るはずのない男の声を聞いた。

——愚かだね、人間は。

それが健に贈られた、今生《こんじょう》最後の哀れみの言葉だった。

※

羽根田家の悲惨《ひさん》な事件が発覚したのは、その日の夕方だった。

同日夜、次々と遺体が家から運び出されていく脇を通り、多田は羽根田家に入る。

家の階段を上がって、二階の吹き抜けから現場を見下ろしている夜目《よめ》と赤井の許《もと》へ足を運ぶと、二人は「どうだった」と声を掛けてきた。

「はい。付近で少し聞き込みをしてみたんですが、例の黒いスーツの男がまた目撃されています」

多田の言葉に、赤井は夜目と目を合わせた。

「またか？」

「まただな……」

「この殺し合いの直前、隣の家の男性が公園で亡くなった。……死因は心臓麻痺《まひ》。その時も黒いスーツの男が目撃されてる。背格好もまさにあの男のようだ」

「！」

多田が驚いていると、一階の若松《わかまつ》が表を指さしながら叫んだ。

「赤井さん！　あっ、あっち！　あっち！　あの男がいます！」

「なんだと？」

三人は、急いで二階の窓から表を見た。家の前の規制線から覗《のぞ》く野次馬たちの後ろで、黒いスーツの男がこちらを見上げている。

犯人は現場に戻るとよくいうが、彼もその類《たぐい》なのか。

そんなタイプには見えないが、真意がわからない以上、多田たちにとっては格好のチャンスだ。

夜目が鋭く赤井に声をかける。

「赤井さん、任意同行で！」

「行け」

頷《うなず》く赤井に背中を押されて、多田は夜目と共に男の元へ走った。

男は逃げもせず、多田たちが野次馬をかき分けて来るのを待っている。

いったい、どういうつもりなのか。

「すみません。署でお話を伺《うかが》いたいんですが」

夜目が警察手帳を見せると、男は整った顔に微笑を刻んだ。

「かまいませんよ」

「……」

あっさりと同行を許可した男に、多田は言いしれぬ不安を感じた。が、刑事としてそれを顔に出すことは許されない。

一瞬、男と目が合った多田は、厳しい表情のまま気を引き締めた。

第　三　章

杉並北《すぎなみきた》警察署の刑事部屋には、取調室のモニターが映し出されていた。

数人の刑事と鑑識の河津村《かつむら》たちが見守る中、取調室では多田《ただ》と夜目《よめ》が黒いスーツの男と向き合っている。これは赤井《あかい》の指示だ。

机を挟み、男と対峙《たいじ》した夜目は静かに話しかけた。

「宇相吹《うそぶき》、正《ただし》さん……で、お名前は間違いないですか?」

「はい」

「調べましたが、そんな名前の人物は存在しません」

これは、間違いない。日本中の戸籍データを調べたが、宇相吹正という男はどこにもいなかった。明らかにこの男は嘘をついているのだ。

どこか面白そうに唇を曲げる男に溜息をつき、夜目は横に立つ多田に目で合図した。

「ちょっと、見ていただきたいものがあります」

指示された多田は港区《みなと》の女性と、木島《きじま》、鳥森《とりもり》、羽根田《はねだ》夫妻、そして羽根田家で惨殺《ざんさつ》された男たちの写真を並べる。

「この全《すべ》ての現場で、あなたらしき姿が目撃されています。どういうことか説明してもらえますか?」

「僕がやりました――」

意外にも、宇相吹があっさりと自供したので、多田と夜目は顔を見合わせた。

宇相吹はそんな二人を嘲笑《あざわら》うようにゆっくりと顔を上げる。

「――と、そう言えばいいですか？　それとも首でも括りますか、、、、、、？」

「――っ！」

宇相吹の瞳が、夜目の心臓を射貫《いぬ》くように赤く光った。

「僕は、やってません」

「！」

とたん、夜目の目に十五、六歳の少年が映った。

目の前に座る宇相吹が、なぜか少年に変貌《へんぼう》してしまったのだ。理解できない現象に動揺《どうよう》し、夜目は椅子《いす》から腰を浮かせる。

「あなた……！」

少年は宇相吹とはまったくの別人だ。しかし、この顔には見覚えがある。

ここにいてはいけない、いるはずのない人物だ。

「どうして……」

「――夜目さん？」

全身を強張《こわば》らせて浅い呼吸を繰り返す夜目を訝《いぶか》り、多田は宇相吹に視線を移す。しかし、多田にはなんの変化も感じられなかった。相変わらず宇相吹正が静かに座っているだけだ。

一方、モニターを見ていた刑事たちの間には、わずかな緊張が走っていた。

赤井たちの視線が一斉に河津村に向くが、百々瀬《ももせ》にはそれが何を意味するのかわからない。

皆が気を遣うように、河津村からモニターに目を戻したので、百々瀬も慌ててモニターを見た。

取調室にいる宇相吹が、再び口を開く。

「もう一度言います――」

夜目には未だに宇相吹が少年に見えている。少年は反抗的だが、どこか悲しそうな目で強く言った。

「僕は、やってません」

「……っ！」

夜目は戦《おのの》いて、立ち上がった。

「どうしたんですか、夜目さん」

多田に制され、夜目はハッと我に返る。

「な、なんでもないの」

なぜか少年が一瞬で宇相吹に戻った。夜目は安堵《あんど》したが、宇相吹は尚も責めるようにこちらに指を向けてくる。

「ところで刑事さん。虫が一匹ついてますよ」

「えっ」

宇相吹の人差し指のタトゥーが、奇妙な動きを見せた。

慌てて自分の腕を見ると、いつの間に張り付いていたのか、線虫《せんちゅう》が夜目の手首を這《は》いずり回っていた。

「きゃああ!」

たまらず手首を払う夜目の反応に多田は驚いた。夜目が恐れているものがなんなのか、多田にはわからないのだ。

宇相吹は多田を一瞥《いちべつ》した後、バッと身を乗り出して夜目の手を摑《つか》んだ。

「噛《か》まれましたね。消毒しないと」

言うなり、宇相吹は素早く夜目の手首を嘗《な》めた。

「──っ!」

「なにするの!」

絶句して動けない夜目を助けようと多田が動く。それをスッと避けて、宇相吹は机から離れた。嘲《あざけ》るようなその態度に多田が怒りを覚えているると、宇相吹は、さも当然とばかりにスーツの襟《えり》を正して言った。

「では、帰ります。任意同行ですから、問題ないですよね？」

「な……」

多田が言葉に詰まっていると、夜目が青い顔で取調室の扉を開けた。

「夜目さん！」

「い、いいの……。どうぞ、ご協力ありがとうございました……」

宇相吹は、またあの不気味な笑みを浮かべて取調室を出て行く。

警察署の前まで男を見送り、多田は唇を噛んだ。

「夜目さん、これでいいんですか？」

つい、先輩に当たってしまったが、夜目は頼りなく頷くばかりだ。

「証拠がないんじゃ……任意じゃ、どうしようもないでしょ。やってないって言ってるし。

——僕はやってません、って……」

まるで過呼吸にでもなったかのように、夜目の息が荒い。多田は心配になった。

「……大丈夫ですか？」

「大丈夫よ」

疲れた様子で髪をかき上げた夜目は、自分の手首が酷《ひど》く腫《は》れているのを見て悲鳴を上げた。

「や、夜目さん、それ！」

夜目は強く眉《まゆ》を寄せて、手首を凝視している。興奮のせいか今にも倒れそうだ。

やはり、あのとき宇相吹に何かされたに違いない。

多田は慌てて宇相吹の姿を目で追ったが、すでにどこにもいなかった。

このまま放っておくのは危険だと判断し、急いで鑑識に夜目の手首に付着しているものの分析を頼んだが、河津村はまたもや意外な結果を出してきた。

「――ほ、本当に唾液《だえき》しか検出されなかったんですか？」

「そんな。夜目さんの手首、腫れ上がってましたよ！」

納得できないのは若松《わかまつ》も一緒らしい。二人で鑑識に詰め寄ったが、夏海《なつみ》と河津村は出た結果は結果として告げるだけだ。

「はい。腫れてるのは事実ですから、いろいろ調べたんですけど……」

「うん……。結局、毒物は検出されなかったねぇ」

さすがの河津村も困りかねているようだった。そんな彼の肩を叩いて、赤井が皆を見回す。

「夜目はあの様子だ。しばらく休ませる。……立証できない案件に首を突っ込んで、この結果だよ……」

赤井は自分の指揮のせいだと責任を感じているようだった。赤井のせいではないと言いたくて、多田は尚も食い下がった。

「夜目さんがあの男に『虫がいる』って言われたとき、私にはなにも見えませんでした。でも、夜目さんは実際に虫が見えていたそうです！」

「思い込みじゃ証拠になりません。不能犯ですよ……」

河津村も肩を落としている。

「……そんな」

どうにもならない悔《くや》しさに苛立《いらだ》ち、多田は刑事部屋を飛び出した。

気分を落ち着かせようと喫煙室《きつえんしつ》に入ると、百々瀬もついてきた。タバコを吸わない彼だが、喫煙所はいつの間にか多田と百々瀬のコミュニケーションの場になっていた。これも、早く多田に認められようとする百々瀬の努力なのだろう。

百々瀬は喫煙所の自販機からカップのコーヒーを取り出すと、多田に手渡した。

「多田さん、聞いてもいいですか？」

「なに？」

「あの男が『首を括《くく》る』とか『僕はやってません』って言ったとき、皆さんちょっと動揺《どうよう》してたんですけど、何かあるんですか?」

「……どうして?」

「河津村さん……に、関係あるとか」

もごもごと言いにくそうにしている百々瀬に、多田は宇相吹の取調中に刑事部屋がどんな様子だったのかを悟った。

百々瀬には話しておいた方がいいと判断し、多田はタバコを揉《も》み消す。

「これ、けっこう最近の話なんだけど」

周囲を気にしながら長椅子に腰掛けると、百々瀬も改まったように向かいに腰掛けた。

「……夜目さん、電車で痴漢《ちかん》した高校生を現行犯逮捕したのね」

「はい」

「高校生は、やってないって言い張ってたんだけど、夜目さんは『この目で見たんだから言い逃れはできない』って、彼を問い詰めたの」

痴漢をした少年は、その際に『お父さんを呼んでくれ』と懇願《こんがん》したが、夜目はそれを突っぱねたのだ。『お父さんも、正直に罪を認めてほしいと言っている』と諭《さと》して。

「だけど、高校生はそれでも『嘘だ、お父さんがそんなこと言うはずがない。僕はやってません！　僕はやってません！』って罪を認めなかったの」

「冤罪《えんざい》……だったんですか？」

「さぁ、それはわからない。だけど、結果的に少年は……留置場で自殺しちゃったの」

「えっ？」

「シャツで首を吊ってね。……切った人差し指の血で、床に『僕はやってません』って書き残してたらしいわ」

百々瀬はショックを受けたように、コーヒーに目を落とした。多田は声を潜める。

「……その自殺した少年ね。河津村さんの息子さんだったの」

「ええっ!?」

予想外だと目を丸くする百々瀬に嘆息《たんそく》して、多田は当時の夜目と河津村を思い出す。

「だけど、河津村さんは夜目さんを責めなかった。……それどころか、夜目さんを気遣ってたくらいで……」

「河津村さんは強い人なんですね」

「……捜査に携《たずさ》わる人間としての河津村さんなりの矜持《きょうじ》だったんでしょうね」

「……」

「あの男……宇相吹正は、なんらかの方法でそのことを知って、夜目さんの心に揺さぶりを掛けたんだと思う」

百々瀬は複雑な表情で、コーヒーカップを握る手に力を込めた。微《かす》かに揺れる黒い液体が、宇相吹の発する闇と交差する。

「……動揺《どうよう》した精神状態は、思い込みを強める効果があります」

「うん……やっぱり、どうにかしてあの男を止めなきゃ」

なんとか事件を乗り越えようとしていた夜目と河津村の心を弄《もてあそ》んだ宇相吹が許せない。

多田と百々瀬は、改めて宇相吹正の逮捕に全力を尽くすことを誓った。

※

夜目美冬《みふゆ》は、憔悴《しょうすい》しきっていた。

宇相吹の取調中に見た幻が、未だに頭から離れない。

マンションに帰っても、一向に少年の声はやまず、頭がどうにかなってしまいそうだ。

腫れ上がった右手首にはしっかりと包帯が巻かれ、保護されているが、気休め程度でしかなかった。付着していたのは唾液《だえき》だけだというのに、なぜかじくじくと痛んでしょうがない。

　立ち上がる気力もなく、帰宅した格好のままリビングのソファに横たわっていると、不意に携帯電話が鳴った。見ると非通知だ。一抹《いちまつ》の不安を感じながら、夜目は携帯を耳に当てた。

「はい……」

『手首はいかがですか？』

　驚いて飛び起きた。間違いなくあの男の声だ。なぜあの男が自分の携帯番号を知っているのだ。

「あ、あなた。いったい、私に何をしたの！」

『夜目さんが望むことをお手伝いしただけです』

　意味がわからず夜目は怒鳴る。

「目的はなに⁉」

　ふと、携帯電話の声が途切れた。戸惑っていると、突如、宇相吹正が目の前に現れた。

「――人間を見極めることです」

「っ！」

　宇相吹がここにいるはずがない。頭ではわかっているのに、夜目は彼に魅入《みい》られて身動きができない。

「あなたは弱い人間だ。罪悪感に苛《さいな》まれている」

宇相吹が優しく夜目の髪に触れた。指先が頬《ほお》まで下りてきて、不覚にも心地よさを感じてしまう。

「思い込もうとしましたね。私は悪くない。私は悪くないと――」

震える夜目の唇に宇相吹の指が触れた瞬間、彼の瞳が赤い月のような光を湛《たた》えた。

「残念ですが、あなたは死ぬ――」

「！」

ツーツーツー。

手にした携帯電話からは虚《むな》しい音が流れていた。

夜目はハッとして、携帯電話を落とす。

今まで目の前にいた宇相吹の姿は、もうどこにもなかった。

「……」

幻を見ていたのだろうか。

なんてことだろう。幻影を見てしまうほど、自分はあの男に怯《おび》えているのか。それとも惹《ひ》かれてしまったのか……。

急に怖気《おぞけ》が走り、夜目はガタガタと震えながら、風呂場に駆け込んだ。

早く温まりたくて蛇口《じゃぐち》を精一杯ひねる。湯がたまると同時に、服を脱ぎ捨てて浴槽《よくそう》に飛び込んだ。

お湯に頭まで浸かると、少しだけ緊張がほぐれた気がした。水面に顔を上げ、夜目は強く瞳を閉じる。

「私は悪くない、私は悪くない……」

少年が自殺してから、必死に言い聞かせてきた言葉だ。

自分はこんなことでキャリアを棒にふるわけにはいかない。なんとしてでもこのトラウマを乗り越えなければいけないのだ。

「私は悪くない、私は悪くない！」

呪文のように何度も唱えていると、どこからか少年の声が響いた。

『僕はやってません！』

「っ！」

跳ね上がった心臓と共に目を開くと、右手の包帯が赤黒く滲《にじ》んでいた。

焦って包帯をむしり取った夜目は、あまりのことに息もできなくなった。

腫《は》れていただけだった右手首は赤黒く変色し、膨張《ぼうちょう》していた。さらに生き物のように収縮を繰り返している。

「な、なにこれ！」

気がつくと、手首の腫れが少年の顔に変貌《へんぼう》していた。

「きゃあ！」

ありえない現象に、夜目は卒倒しそうになった。

手首の少年は、人面瘡《じんめんそう》そのものだ。

少年の声は幾重にも重なって夜目に訴えかけてくる。

『僕は、やってません！』

『僕は、やってません！』

『僕は、やってません！』

「いやあああああああああっ！」

夜目はパニックになって、近くにあったカミソリで少年の顔を切りつけた。

右手首から血が流れ、湯船に落ちる。赤い血液が絵の具を溶かしたようにお湯を染めていくのを見て、ますますパニックになった。

「ひ……っ」

慌てて手首を押さえるが、血は止まらない。目眩《めまい》を感じて首を後ろに倒すと、少年の声が追い打ちをかけてきた。

『僕はやってません、僕はやってません……』

「やめて、もうやめて、やああああ！」

夜目は何度も何度もメチャクチャに右手首を切り続けた……。

意識を失う直前、夜目は留置場で首を吊っている少年の幻を見た。

その両目からは血の涙が滴《したた》り落ちている。

よほど悔《くや》しかったのだろうか。少年はギロリと夜目を睨《にら》み、大きく口を開いた。

『ボクハ、ヤッテ、マセン!!』

※

シートの下に寝かされている夜目の遺体を呆然《ぼうぜん》と見つめて、多田は寄り添うように彼女の横に膝をついた。

夜目の死を聞いた時は信じられなかったが、こうやって遺体を眼前に突きつけられると、現実なのだと思い知らされる。

「夜目さん……どうして、こんなことに」

そっとシートをめくると、彼女の顔はきれいなままだった。まるで眠っているだけのようだ。反面、右手首は無残なまでに傷つけられていた。カミソリで何度も切りつけたものと断定されている。

多田は慕《した》っていた先輩の死に押しつぶされそうになりながらも、気丈に彼女の右手首に触れた。

「夜目さんの利《き》き腕は右。もし自殺するなら右手でカミソリを持って左手首を切るよね。これは左手で右手首を切ってる」

「……気持ち悪いから、腫れていた部分を、切ろうとしたんですかね」

横で同じように夜目の遺体を見つめていた若松がポツリと言うと、鑑識の夏海が異を唱えた。

「でも、手当てもせずに湯船に浸かってますか……?」

河津村が夏海の後をとるように、夜目の足下に腰を落とした。

「自殺かどうかはわかりませんけどね、水は血を何倍にも膨張させて見せるから、血の広がる光景を見て、出血多量だと思い込んで気を失う事例は少なくないですよ」

「また思い込みってことですか……」

「遺体は沈んでいました。検死すればわかりますが、おそらく溺《おぼ》れたものと思われます」

考え込む多田に、夏海が食い気味に伝える。

河津村は深く息を吐いて、辛《つら》そうに目を伏せた。

「まさか。こんなことになるなんてなぁ……」

皆、自殺じゃないことはわかっていたが、証拠もなければ、夜目が殺された方法もわからない。

多田の胸に、宇相吹への怒りが改めて蘇《よみがえ》る。

かきむしりたい胸にギュッと拳《こぶし》を当てて、多田は祈りにも似た思いで夜目の遺体に手を合わせた。

※

彼と待ち合わせをしたのは、小雨がぱらつく公園の端だった。人に見られるのを恐れ、なるべく物陰を選んで指定してくるのは小物の習性か。

「――いや、お見事でした」

待ち人はようやく訪れ、宇相吹正に声を掛けた。

人目につかないところを指定しておきながら、制服を着てきてしまうあたり、彼のツメの甘さが窺《うかが》える。

杉並北署鑑識課課長、河津村哲也《てつや》は、満足そうな笑みを湛えて、宇相吹に近づいてきた。

「夜目の死に顔が綺麗《きれい》だったのは、ちょっと残念でしたけどねぇ。同僚たちに裸を見られて、さぞあの世で恥ずかしがってることでしょうよ」

「……」

宇相吹は高揚《こうよう》している河津村を、冷ややかに見ている。

河津村は満足感を抑えられないのか、たがが外れたように、まくし立てた。

「あの女、準キャリアのプライドで、ずっと私を見下していたんですよ。自分は選ばれた人間だから、他の者は下に見ていい。そういう意識なんだなぁ。だから私の息子にあんな嘘をつけたんですよ！　『お父さんも正直に罪を認めろと言っている』なんてね。そんなこと……そんなこと言うはずがないのに！　息子をだまして……汚い女ですよ！　――溺《でき》死《し》だって？　素っ裸で、いい気味だ！」

河津村は興奮したまま拳《こぶし》を震わせる。

彼は夜目を許してなんかいなかった。息子を殺した女、夜目美冬は、河津村にとって憎《ぞう》悪《お》の対象、長い間それだけの存在だった。

そんな女と普通に接し、職場の関係を維持していくのはどんなに苦痛だったか。しかし、それも今日で終わる。

「ああ、スッキリした！　こんな素晴らしい日はありません！」

息子の復讐《ふくしゅう》も果たした。河津村の心の闇は晴れて解放されたのだ。

「――あなたの殺意は濁《にご》っていますね」

淡々とした宇相吹の言葉に、河津村は鼻で笑った。

「殺意に不純もなにもないでしょう。それに私は……宇相吹さん、でしたか。あなたに夜目を殺してもらうように依頼しただけですからねぇ」

肩で苦笑をしながら宇相吹に背を向ける河津村に、宇相吹は目を細める。

「あ～あ、言っちゃいましたねぇ」

「――えっ？」

どこかおもしろそうな宇相吹の声に振り向いた瞬間、河津村は目をはち切れんばかりに見開いた。

そこにはなぜか、多田や赤井がいた。彼らだけではない。若松や百々瀬、後輩としてかわいがっていた鑑識の夏海までいる。

さっきまで公園だった場所は、いつの間にか見慣れた杉並北署の刑事部屋に変わっていた。

唖然《あぜん》としている刑事たちの後ろには宇相吹の姿があったが、彼はすぐに消えてしまった。

「え、どういうことだ……」

「それはこっちの台詞《せりふ》だ、河津村」

赤井が険しい表情で河津村ににじり寄ってくる。

「本当にあんたが夜目を、やったのか?」

「う、嘘ですよね河津村さん!　……あの男に依頼したなんて……」

ショックのあまり震えている夏海の肩を抱き、多田は河津村を見据える。

河津村は唇をわななかせて、バッと刑事部屋を飛び出した。

「待ちなさい!」

多田の鋭い声とともに、大勢の刑事が河津村を追いかけた。

河津村は混乱したまま唸《うな》る。

なぜだ、どうしてこんなことになった。自分は、宇相吹と公園で話をしていたはずなのに。あれは幻覚だったのか。

公園だと思っていた場所は刑事部屋で、宇相吹正は元々いなかった。

そんなバカな話があるか。

ああ、終わりだ。終わりだ。

捕まりたくない一心で、河津村は階段を駆け下りた。すると、急に足が何者かに摑《つか》まれ動けなくなった。つんのめってとっさに手すりにしがみつき、恐る恐る視線を下ろすと、足元に全身びしょ濡れの夜目がしがみついていた。

「う、うわあああっ！　な、なんでお前が！　死んだはずだろ！」

夜目は恨みの籠《こ》もった目を光らせながら、河津村に切り傷まみれの右手を伸ばした。

「ひぃ！　や、やめろ。俺は息子の仇《かたき》をとっただけなんだ！」

夜目を振り払おうと無茶苦茶《むちゃくちゃ》に暴れた河津村は体のバランスを失い、派手に階段から転げ落ちた。

「——河津村さん！」

追いついた刑事たちが見たものは、下の踊り場で不自然な形に首を曲げて倒れている河津村の姿だった。

白目をむいている河津村を見下ろし、多田と赤井は悟る。

彼は、もう生きてはいないと……。

第四章

繁華街《はんかがい》にあるラブホテルの一室を、ノックする者がいた。

部屋の中にいたサラリーマン風の男が、ソワソワとドアを開ける。そこに立っていたのは、容姿も服装も素朴《そぼく》な、かわいらしい女だった。

清純さを絵に描いたような女は、はにかんだ笑顔を見せる。

「こんばんはー」

「おお、かわいいねー。いくつ？」

「二十三歳です」

「いいね、いいね。さ、どうぞ！」

男は鼻の下を伸ばして女を中に招き入れた。

「はーい。お邪魔しまーす。ええと——今日はお電話ありがとうございました。さっそくですけど……」

女は部屋に入るなりビジネスの話をし始める。

「六十分コースで、二万二千円になります」

「はいはい」

男はすでに用意していた金を、女に渡した。きっちりと金を数え、女は笑顔を作る。

「はい、ちょうどですね。ありがとうございまーす」

金を財布にしまうため鞄《かばん》に手を入れると、タイミングよく携帯電話が鳴った。

財布の代わりに携帯を取り出した女は、非通知の文字にサッと顔色を変える。

「ごめんなさい。ちょっと待ってください」

女は男から離れると、緊張した面持《おもも》ちで電話に出た。

「……はい。……！　あ、あっ！　はい、そうです私です」

『……』

電話の主は低く落ち着いた声をしていた。もし、チンピラのような輩《やから》からだったら、即刻切るつもりだったが、この声が相手だと安心して話をすることができた。

「……はい、はい。わかりました。伺《うかが》います……」

電話を切ると、女は一気に体の力を抜いた。

立っているだけで精一杯だ。客が首を長くして待っているのはわかっていたが、しばらく金も携帯もしまうことができなかった。

女はふうっと息を吐き出し、繋《つな》がっていない携帯電話に目を落とす。

彼が指定したのは、西東京市《にしとうきょう》にある今は営業されていないホテルだ。

そこに行けば、何かが変わるだろうか……。

いや、変わらなければならない。でなければ、神様は不公平だ――。

薄暗い廃墟《はいきょ》の中を、木村優《きむらゆう》はオドオドと進んでいた。

ここは以前、かなり繁盛《はんじょう》していた大きなホテルだったらしいが、今はその面影《おもかげ》はまったくない。

天井から配線が垂れ下がり、足元は割れたガラスや崩れた壁の欠片《かけら》などが散乱している。肝試《きもだめ》しにでも使用されそうな廃墟に訪れたのは初めてなので、建物の中すべてが怖く見える。それでも、優は自分を励《はげ》ましながら、一歩一歩階段を上がっていった。

あの男から電話がかかってきたのは、ちょうど仕事中のことだった。

デリバリーヘルス。もう数年来続けている仕事だ。

本当に電話があるとは思っていなかったので最初は驚いたが、藁《わら》にもすがる思いでここに来た。

もし、噂《うわさ》が本当なら……。

「――木村優さん?」

不意に薄闇の中から名を呼ばれ、優はビクリと肩を揺らす。見ると、吹き抜けになった踊り場らしき場所に男がいた。

黒いスーツを着た男は、廃墟に君臨する魔王のように椅子《いす》に腰掛け、優をじっと見つめている。

「はい」

優は怯《おび》えながら頷《うなず》いた。男を見るまでは半信半疑だったが、彼と目が合った瞬間にわかった。

——この男は、本物だ。

「あなたが、電話ボックスの……」

「さっそく、ご依頼内容を伺いましょう?」

証拠を示すように、男が優の名前と電話番号が書かれた紙を示す。回りくどい話をするつもりはないようだ。優は急いでバックから雑誌を取り出した。付箋《ふせん》をしていたページを開いて、男に渡す。

開かれたページの一面には、華やかで美しい女性の写真が飾られていた。

女性の名前は夢原理沙《ゆめはらりさ》。新進気鋭《の》のジュエリーデザイナーだ。記事は彼女の特集だった。

優は己を落ち着かせようと息を呑み込むと、堰《せき》を切ったように喋《しゃべ》りだした。

「——夢原理沙。私の姉です。けど、私が十歳の時に両親が離婚して、理沙は母親、私は父親に引き取られて、お互い疎遠《そえん》になってました。……その後は、よくある話なんですけど、父親が働かなくなって……借金まであって……」

「それで風俗《ふうぞく》に？」

優はグッと歯を嚙《か》みしめて頷いた。自分の口から言うのはためらわれたが、この男は全《すべ》てお見通しらしい。

「私が体で稼《かせ》がなきゃいけなくって……。父親は死んだけど、どうしても貧乏からは抜け出せなくて……今も仕事は風俗なんです」

父への恨みで涙が出そうだ。いや、父だけではない。母も憎い。あの女が自分を捨てなければ、こんなことにはならなかった。けど、それ以上に憎いのは——

「……お姉さんの方はお母さんに大切に育てられ、今や人気ジュエリーデザイナー。そして、大病院の院長への道が約束されたお医者さんと来月ご結婚、ですか」

雑誌の記事をなぞるように呟《つぶや》く男に、優は強く拳《こぶし》を握った。

今、思い返してみてもあの時の悔しさは忘れられない。

「最近、たまたま理沙をネットの記事で見つけて……。ジュエリーデザイナーなんてすごいと思って、婚約のことも書いてあったから、お祝いの言葉と私の近況を正直に書いて、手紙を送ったんです。けど……返事が来なくて——」

返事がないのはきっとなにかの間違いだと思い、優は理沙のジュエリーショップに赴《おもむ》いた。

　素敵なジュエリーが並ぶ店の前で、ガラス越しに姉を探すと、理沙は宝石に負けない美しさで店に立っていた。

「お姉ちゃん」と、一言声を掛けたくて店に入りかけたが、優に気付いた理沙は顔色を変えて、逃げるように店の奥へと去って行ってしまった。

　信じられない仕打ちだと思った。十数年ぶりに会う妹なのに、理沙は他人扱いどころか、無視を決め込んだのだ。

「私って気づいてました！　けど、完全に避けてた」

　優は男から雑誌を取り上げて理沙の写真を憎々しげに睨《にら》み付ける。

「ほら、見てこの目！　私のこと、体を売る汚い女だと思ってる！　自分とは住む世界が違うと思ってる！」

　強い憎悪のせいで手に力が入る。雑誌の理沙がグシャグシャに潰れていく姿が爽快《そうかい》だった。

「もし、あのときあたしが母親に引き取られていたら、絶対こんなことになってない！

……こいつだけ幸せになって、私をなかったことにしようなんて……絶対に許せない！」

　むしり取った理沙の写真を、優は男に突き出した。

「お願い、こいつを……こいつを──っ！」

男は薄い笑みを刻む。

それは、優の悪意を男が受け止めた証拠でもあった。

※

自らが経営しているジュエリーショップを出たところで、夢原理沙は恋人に電話をかけた。

「今、お店を出たから。直接式場に行くね。うん、うん──はーい。わかりました」

今日は、恋人の榊克明《さかきかつあき》と共に、式場の下見と打ち合わせをする予定だ。時間が許せば、その後食事をするのも悪くない。

幸せを間近にして、理沙はいつも以上に輝いていた。

美麗《びれい》な顔に、絹のように艶《つや》のある長い髪。なめらかな肌、スラリと長い手足、バランスの良い胸。その全てが、夢原理沙というジュエリーだ。

通りすがりの男たちの視線を集めながら、理沙は地下の駐車場に下りる。

車のキーを取り出したそのとき、

「――初めまして、夢原理沙さん」

聞き覚えのない声に呼び止められた。振り向くと黒いスーツの男がゆっくりと理沙に近づいてくる。

男は理沙の目の前までやってくると、おもむろに右手を差し出した。それを見て、理沙はギョッとする。

男の掌《てのひら》が、黒い液体でべっとりと汚れていたのだ。

「――っ！　ど、どなたですか……？」

「最も身近な人が、あなたの死を望んでいます」

「えっ」

意味がわからず、正面から聞き返した刹那《せつな》、男の目が赤く染まった。

「――っ」

背筋が一気に凍る。恐怖が精神を支配し、鼓動が早くなった。耐えきれず、理沙は大きな呼吸を何度も繰り返す。

どうしたというのだろう。この男が怖くてたまらない。

「ひ、人を呼びますよ！」

逃げるように車に乗り込み、理沙はエンジンをかけた。

急発進させた車のバックミラーには、じっとこちらを見ている男の姿が映っている。

駐車場から出て、ようやく心が解きほぐされたような気がしたが、心臓はまだバクバクと大きな音を鳴らしていた。

「……なんなの。いったい」

気味の悪い変質者だった。雑誌なんかに載ったから、妙な輩《やから》を引きつけてしまったのかもしれない。

今度から自分の身辺には重々気をつけようと自戒《じかい》し、理沙は緩《ゆる》く右へハンドルを切る。

――と、なぜか妙に手がべたついているのに気がついた。

「なに？」

見れば、男と同じように理沙の手にも黒い液体がべったりと付着していた。

「な、なんのよ。これ！」

不快なこの臭《にお》いはオイルだ。いつの間についたのか。

冷静でいられなくなった理沙は、いったんどこかに車を停めようとブレーキを踏んだ。

だが、どうしてかブレーキはスカスカでまったくきかない。

「――な、なんで！」

止まらない車に混乱しつつ、必至にブレーキを踏み続けるが、愛車は理沙に背くだけだ。

「嘘でしょ！」

横断歩道に差しかかったところで、ベビーカーを押した主婦の姿を見つけた。

「待って、待って！」

理沙は慌ててハンドルを大きく左に切る。

瞬間――

「きゃあああああああああっ！」

ガシャンッ！

右折してきたトラックと激しくぶつかった理沙の車は、フロント部分が大きくひしゃげてようやく止まった。

「――おい、あんた大丈夫か！」

無傷だったトラックの運転手が降りてきて、理沙に声をかける。

現場は騒然としはじめるが、理沙が目を覚ますことはなかった。

※

「――元気ないですね。多田《ただ》さん」

和食居酒屋『桂《かつら》』のカウンター席に腰掛け、ビールを飲んでいる多田に、板前姿のタケルが声をかけた。

酒には強い多田だが、今日はいつもより杯が進み、悪酔いしている。

宇相吹《うそぶき》のせいで同僚が二人も死んだことをタケルに言うわけにもいかず、多田は曖昧《あいまい》に笑った。

「そう？　なんでもないんだけどね」

誤魔化《ごまか》しながら、もう一本瓶《びん》ビールを頼むと、タケルはカウンター越しにビールを注いでくれた。

厨房《ちゅうぼう》に立つ姿がすっかり板についているタケルを誇りに感じながら、多田はコップのビールを飲み干す。

「そう言えば、こないだ一緒にいた方、イケメンでしたね」

ふと、タケルがそんなことを言い出した。

「イケメン？」

真顔で返すと、タケルが苦笑した。

「ほら、警察署の喫煙室《きつえんしつ》で多田さんと一緒にいた人……カップラーメン食べてた」

「あーっ！　新人のことね」

言われてみれば、彼の目はキレイなアーモンド型で、唇も眉《まゆ》もキリッと引き締まっている。多田は全《まった》く意識していなかったが、あの顔はタケルの言うところの『イケメン』の部類に入るのかもしれない。

「新人もタケルのことをそう言ってたよ」

「新人?」

「そう、新人。名前は百々瀬麻雄《ももせあさお》だけど、まだ新人」

新人のことを思い出すと自然と笑みが浮かぶのは、彼が大型犬に似ているせいだろうか。自分に必死についてくる様は、昔飼っていたゴールデンレトリーバーのようだ。もちろん、そう言ったら百々瀬は怒るだろうけど。

クスクス笑う多田に、タケルも笑った。

「今度はぜひ、百々瀬さんも連れてきてくださいよ」

「新人にここはもったいないよ。あいつラーメン大好き野郎だから。ほら、『京《きょう》の華《はな》』っていうラーメン屋さんあるでしょ? あそこの超常連だよ」

「へー。でも、そこおいしいんですよね、櫻井《さくらい》さん」

タケルの先輩にあたる櫻井が、ちょうどしめ鯖《さば》を持ってやってきた。最近彼女ができたという櫻井は、笑顔で多田の前に皿を置く。

「これ、大将からです」

「やったー。おいしそう」

嬉しくて、つい子供に戻ったような声を出してしまった。カウンターの奥にいる大将に礼を言うと、気っぷの良い返事が返ってくる。

長年、この店に通い詰めているおかげで、こういうサービスを受けることも少なくない。少年院上がりだったタケルを快《こころよ》く引き受けてくれた大将の懐《ふところ》の広さは筋金《すじがね》入りで、多田はいつも、感謝と尊敬の念を抱いていた。

「しっかし、タケル。立派になったよねー」

店長と並んで厨房に立つタケルを頼もしく感じ、つい口に出すと、タケルは照れたように頷《うなず》いた。

「ホント、僕ひどかったですからねー。多田さんに捕まってなかったら今頃こんなことやれてないですよ」

「――おっ、きたよ。不良タケルの昔悪かった自慢」

おもしろくなさそうに、櫻井が口を挟む。タケルは慌てて否定した。

「いや、櫻井さん。自慢じゃないっすよ」

「うん、メチャクチャすぎて自慢になんないから」

櫻井に顔を向けて同意した多田に、タケルは目を伏せた。

「そうですね……。あのとき多田さん、俺のこと叱《しか》って泣いてくれたんですよ。全力で気持ちをぶつけてきてくれて。あの顔が忘れられないんですよね……」

「ふ～ん」

櫻井は興味がなさそうだったが、多田は過去をちゃんと反省しているタケルのことが嬉しかった。

「……そっかそっか。成長したね」

満面の笑みでしめ鯖に箸《はし》を伸ばすと、ふとテレビのニュースが耳に入ってきた。

『夕方の散歩で賑《にぎ》わう公園での大爆発。負傷者は十四人にのぼりました』

「――あ、これ。すごいっすよね」

櫻井がテレビを指さす。見ると、一般人の提供によるスマホ撮影の映像が流れていた。

若い女性たちが笑顔で自撮りをしていると、背後のビルが数秒後に大爆発を起こした。

女性たちは悲鳴を上げ、そこで映像は途切れる。

『今日、午後四時頃、江東《こうとう》区の白河《しらかわ》公園で大きな爆発が起こりました。使用されたのは日用品で作られた爆弾とみられ、昨年十二月三鷹《みたか》市内の神社で起きた爆発事件と類似《るいじ》し――』

「テロかなぁ。こういうことってずっと続くんでしょうね」

「かもね」

眉《まゆ》をひそめるタケルに、多田は改めて使命感にかられた。

不能犯だろうが、爆破犯だろうが、刑事としてやることをやるだけだ。

「――でも、こっちだって、ずっと諦めないいんだから」

決意を新たにし、多田はグッとビールをあおった。


タケルに何度か止められたのも構わず飲み続け、店を出たのは深夜零時《れいじ》を回った頃だった。

店にも悪いことをしたと反省しつつ、多田はタクシーに乗り込む。だが、数分もしないうちに酷《ひど》い吐き気を覚えて、慌ててタクシーを停めた。

人気《ひとけ》がすっかりなくなった道路は、工事中の赤いランプだけが光っていて、やたら寂しい。

走り去っていくタクシーのエンジン音を聞きながら、多田はガードレールに掴《つか》まった。

吐くに吐けない状態で、かがんで苦しんでいると、スッと誰かに背中をさすられた。

だ。

「大丈夫ですか？」

「ちょ、さわんないで……」

多田は後ろ手にその手を払う。

親切にされたところを邪険にして悪かったが、声が男だったので、警戒してしまったのだ。

だが、勘は正しかったようだ。

「──っ！」

突然、背後から凄《すさ》まじい殺気を感じ、多田は反射的に体を翻《ひるがえ》した。

男の姿をしっかり目で捉えた多田は、あまりのことに声を失う。

「宇相吹……！」

宇相吹正《ただし》がニタァと笑うと、その目が赤く光った。構える間もなくいきなりナイフを腹に打ち込まれ、多田は大きく目を見開く。内臓が潰れるかと思うほどの衝撃だった。

やられた！　と死を覚悟したが、なぜか体は痛みを感じない。

思いがけず自由に動く体に力を込め、多田は宇相吹の胸を押した。

「な……にすんのよ！」

わずかに離れた宇相吹の手を掴み上げ、力任せにナイフを取り上げる。と、その拍子に転倒してしまい、多田は焦った。

酔いが覚めていないせいで、足腰がしっかりと立たない。再び襲われたら、逃げ切る自信がなかった。

「やはり、ですね」

多田の懸念《けねん》を余所《よそ》に、宇相吹はおもしろそうに口元に人差し指を当てた。

「な……んなのよ、あんた！」

無様《ぶざま》な自分を馬鹿にされたと感じ、多田は思い切りナイフを地面に突き立てた。

「――？」

が、なぜかナイフの刃はアスファルトを傷つけることなく、柄の中に引っ込んでしまった。

「お、おもちゃ？……なにふざけてんの！　人殺し！」

多田は怒り任せにおもちゃのナイフを宇相吹に投げつけた。それでも、宇相吹はどこか楽しそうだ。

「稀《まれ》にいるんですよ。あなたのように未知の領域を持った支配されない人間が」

「え――？」

「あなたなら僕を殺せるかもしれませんね」

「……殺す？　意味のわからないこと言わないで」

フラフラと多田は立ち上がった。

「あんたの目的は何⁉　なんなの⁉」

宇相吹に近づこうとするが、酔いのせいで足がうまく動かせない。

自分のふがいなさに腹を立てていると、宇相吹が寄ってきて多田の目を覗《のぞ》き込んだ。

「知りたいんです。人間の脆《もろ》さと強さ、どちらが人間の本当の姿なのか……」

「そんな実験のために人を殺してるってわけ⁉」

「殺してなんかいません。本人が闇を望むんです」

「そんなわけないでしょ！」

「闇に墜《お》ちたい人間が墜ちているだけです。だから、あなたは誰も救う必要がない。どうせあなたには救えない」

再び宇相吹の瞳が赤く染まった。またた。また、この男は自分を惑わそうとしている。

それとも、再び試そうとているのか。

そんな思惑《おもわく》にのってたまるかと、多田は赤い闇を跳ね返すように気力を振り絞《しぼ》って叫んだ。

「う、うるさい！　誰になんて言われても、救いたきゃ救うよ！　あんただって止めてみせる！」

一瞬、宇相吹が目を伏せた。多田の熱量をしっかりと受け止めるような表情だ。

「……では、ぜひその手で僕を殺し、僕の人生を終わらせてください。僕を止める方法はそれしかありません」

懸命に睨《にら》み付ける多田の足元に、宇相吹は一枚のカードをひらりと落とした。

名刺サイズのそれは薄汚れていて、拾う気にもならなかったが、よく見ると住所らしきものが書かれていた。

「……覚悟ができたら、どうぞこちらに連絡してください」

宇相吹は気味の悪いいつもの笑みを浮かべ、多田に背を向ける。追おうとしたが、絡んだ足はうまく動かず、転んでしまった。

去って行く宇相吹の背中を見ながら、多田は拳《こぶし》をアスファルトに打ち付けた。悔《くや》しさで涙が滲《にじ》み出る。

「ちくしょーう！」

渾身《こんしん》の絶叫を、宇相吹が背中で笑った気がした。

「絶対に……絶対にあんたを追い詰めてやる！」

魂からの宣告だったが、暗闇は多田を嘲《あざけ》るように宇相吹の姿を隠した。

第五章

交通事故を起こした理沙《りさ》が運び込まれた病院は、恋人の榊克明《さかきかつあき》が勤める榊総合病院だった。

事故のショックから意識を取り戻したとき、恋人の姿を見て理沙は心底奇跡だと思った。あんな大事故だったというのに、理沙の体はほとんど傷を負っていなかった。あのときは本当にダメだと覚悟していが、どうやら神様は理沙を見捨てなかったらしい。

「婚約者の病院なら安心ですね」

「はい」

病室に現れた女刑事は、優しい口調で理沙を励《はげ》ましてくれた。

榊は病院長の息子で、次期院長の椅子《いす》が約束されている。中には玉《たま》の輿《こし》だと揶揄《やゆ》する人間もいるが、彼女は本心から理沙を思ってくれているようだった。

「打撲《だぼく》程度ですけど、少し入院させて精密検査をします」

榊が二人の刑事に話をしている。

目覚めてすぐ事故の経緯を榊に話すと、事故処理とは別の刑事たちが杉並北《すぎなみきた》署からやって来た。彼らは、あの黒いスーツの男を捜査しているらしい。

思い返して恐ろしくなり、理沙は身震いした。

事故も怖かったが、それ以上にあの黒いスーツの男が恐ろしかった。

あの男には普通の人間とは違う化け物じみたおぞましさを感じる。理沙の心は男へのトラウマでいっぱいだ。当分、眠れない日々が続くかもしれない。

「それで、夢原《ゆめはら》さんが事故の前に駐車場で話した相手というのは、この男ですか？」

多田《ただ》と名乗った女性刑事が、防犯カメラから抜き出した写真を差し出した。

まさしく、駐車場で会った男そのものだ。理沙は大きく頷《うなず》く。

「そうです。この男です！」

「どういったお話をされましたか？」

「……み、身近な人が私の死を望んでいるとか言って……」

あの時のことを思い出したら、どんどん息が荒くなっていった。興奮しているのは自分でもわかるが、どうしても抑えられない。

「そ、それで運転していたらブレーキがきかなくて……きっと、あの男がブレーキに細工《さいく》したんです！」

「——でも、ブレーキに異常はなかったんです」

百々瀬《ももせ》という刑事が否定すると、榊も宥《なだ》めるように理沙の肩を抱いた。

「ハンドルにもオイルはついてなかったって」

「なによそれ！　克明さん、どうして信じてくれないの！」

睨み付けて訴えると、榊は困惑したように理沙の肩から手を離した。間の悪いところへ看護師が病室に入ってくる。

「昼食をお持ちしました」

もう、そんな時間なのか。

「それじゃ、夢原さん。後ほどまた伺《うかが》いますので……」

時計を見た刑事たちは、理沙に遠慮《えんりょ》して病室を出て行った。

看護師は湯気の立つトレーをテーブルに置く。彼女の胸にぶらさがっている名札を見て、理沙は聞き覚えがある名前だと気がついた。

「西冴子《にしさえこ》さん……？」

「はい」

看護師は笑顔で答えた。理沙も負けじと艶《あで》やかな笑みを返す。

「克明さんからよく話は聞いています。優秀だって」

「理沙、やめてくれよ」

はにかむ榊をトゲのある目で一瞥《いちべつ》すると、理沙はスプーンを手に取った。

西冴子の名は、嫌気がさすほど克明の口から聞いた。それこそ、嫉妬《しっと》するほどに。

「それじゃ理沙、ゆっくり食事して。何かあったらナースコールを押すんだよ」

不機嫌なまま頷くと、榊と冴子は仕事があるからと連れだって出て行った。仲の良さそうなその背中を睨みながら、理沙は一口スープを啜《すす》る。

意外においしかったので、もう一口スープを啜ったとき、ふと何者かの気配を感じた。

「！」

顔を上げると、なぜか黒いスーツの男が病室の隅に立っていた。

「な、なんで――っ！」

戦く理沙に構わず、男はベッドの足元まで来ると、手に持った薬瓶《くすりびん》を指さしてニヤリと笑った。

「えっ？」

思わず食事に目を落とした瞬間、理沙は口を両手で押さえた。

さっきまでおいしそうだったスープも、白かったご飯も、全《すべ》てが真っ黒に変色している。

「――うっ、うえっ！」

たまらず食事を払い飛ばして嘔吐《おうと》した。理沙は必死にナースコールを押しながら叫ぶ。

「助けてぇ！　毒、毒がぁ！」

「理沙⁉」

悲鳴に驚いた榊と刑事たちがすぐに病室に駆けつけた。

「いた！　いたの！　あの男がそこに！」

足元を指さすが、男の姿はすでにない。刑事たちは瞬時に飛び出していった。

榊が落ち着かせようと背中をさすってくれるが、理沙の心は恐怖で混乱するばかりだ。

「食事に毒が入ってたの！　真っ黒になってるんだから猛毒よ、きっと！　……助けて克明さん！」

理沙を抱きしめながら榊は床に目を落としたが、散らばっている食事は変色などしていない。

そこへようやく看護師の西冴子が駆けつけてきた。

「大丈夫ですか、夢原さん！」

榊は冴子と目を合わせ、理沙に鎮静剤《ちんせいざい》を打つことを告げた。それを聞いた理沙はパニックになる。

「いやよ、今は薬なんて見たくない！」

「理沙」

戸惑っている二人に苛立《いらだ》ち、理沙は榊を突き飛ばしてベッドから立ち上がった。

「出てってよ！　誰も部屋に入らないで！」

「理沙、落ち着い――」

「出てってったら！」

尚も榊を突き飛ばすと、二人は頷き合った。

「わかったよ理沙。落ち着いた頃にまた来るから……」

背を向けた榊の手が、スッと冴子の腰に回る。

「――っ！　なによそれ、克明さん……」

気になった理沙は、二人のあとをついて病室を出た。

榊と理沙は少し離れた場所で、真剣に話し合っていたが、やがてどちらからともなく唇を合わせた。

それを見て、理沙は全《すべ》てを悟ってしまった。

「そう……やっぱり、そういうこと……」

向かいの病室から、カートを押した看護師が出てくる。医療器具が並ぶカートから、理沙はすかさずハサミを奪った。

「――えっ、ちょ……」

戸惑う看護師を尻目に、理沙はまっすぐに榊の背中へ向かっていった。

多田と百々瀬は宇相吹《うそぶき》を探して走り回ったが、男の姿はどこにも見当たらなかった。

ならば上階だ。エレベーターを待つ間、多田は思いあまって百々瀬に話しかけた。

「――法に則《のっと》って、あの男を捕まえるのが不可能なら、止めるには殺すしかない……」

「え、え？　何いってるんですか、多田さん」

百々瀬がギョッとして多田を見る。自分でもバカなことを言っているとわかっていたが、多田は真剣だった。

「それができるのは私だけなの」

「どういうことですか」

「私には、あの男のマインドコントロールがきかない」

「え？」

「こないだ、あの男が接触してきてそう言ったの。おもちゃのナイフで襲われたけど、私には単なるおもちゃだった」

「そんな話聞いてないですよ！」

百々瀬は愕然《がくぜん》としている。そんな危険な目にあったのなら、上司にでも報告するのが筋だ。相棒である百々瀬にさえ言わないなんて、仲間を信用していないと思われてもしかたがない。

だが、言えなかったのだ。宇相吹に特別な人間だと言われたことを、なんとなく誰にも知られたくなかった。

しかも、刑事が人を殺して事件を解決するなんて、あってはならない邪道だ。いくら宇相吹を止めるためとはいえ、それだけはできない。

ようやく登ってきたエレベーターに乗り込むと、百々瀬は多田の気持ちをわかってくれたのか、それ以上責めることはしなかった。

「……ひょっとしたら、思考の類似《るいじ》、かもしれませんね……」

「思考の類似？　なにそれ？」

「潜在的な思考パターンが似ている者同士では、相手の心の隙《すき》をつくのが難しいんです」

「あの男と私が似てるってこと⁉　あんな人殺しと？」

つい、激昂《げっこう》してしまった多田に、百々瀬が慌てる。

「いや、あくまで仮説ですけど……」

冷や汗までかいて後ずさった百々瀬に溜息をついて、多田は額に手をやった。

「……でも、どうして今回は殺しに失敗したの？」

「――？」

「夢原さんは生きてるでしょ」

「確かに、そうですね」

宇相吹が関わった人間は皆亡くなっている。しかし、理沙だけは度々《たびたび》狙われているにもかかわらず命を繋《つな》いでいる。

そこに、何か意味があるのだろうか。

「……いや、きっと失敗なんかじゃないんだ。あの男の仕業《しわざ》なら、わざと生かしてるとしか思えない」

そこまで言ったとき、チンと音がして、エレベーターの扉が開いた。二人は最上階に降り立ち、宇相吹の捜索を再開する。

「新人！　奥見て！」

「はい！」

百々瀬が廊下《ろうか》の奥へと消えていくのを見送りながら、多田も宇相吹を探して視線を巡らせる。と、なぜか通り過ぎた場所が気になった。引き返すと、電気がついていない部屋のドアが少しだけ開いている。

薄暗い部屋の中を覗《のぞ》いた多田は息を止めた。

窓際で背を向けた宇相吹が立っている。その姿は飛び立つ前の悪魔のようだ。

宇相吹は多田の気配に気づいたのか、振り向くことなく言った。

「早く僕を止めてください――」

「……」

多田はすぐに言葉を返すことができなかった。

僕を止めてください。それは殺せということだ。いったい、この男はどこへ向かっているのか。そして、多田をどこへ連れて行こうとしているのか。

多田は宇相吹のペースに呑《の》まれないように注意しながら、部屋に踏み込んだ。

「夢原さんをどうするつもり⁉」

「僕はどうするつもりもありません。彼女が……」

「導いてるのはあんたでしょう！」

「……止めないのはあなたですよ」

「……黙れ」

宇相吹はようやく多田に顔を向けた。相変わらずその表情は何を考えているのかわからない。

「……殺せば、永遠に黙ります」

なのに、なぜだろう。宇相吹の瞳が一瞬だけ寂しそうに揺らいだ気がした。

――と、突然遠くで悲鳴が聞こえた。

何事かと驚いた多田に、宇相吹はニヤリと笑って人差し指をドアの外へと向ける。

悲鳴は尚も続くが、どうしても宇相吹を置いて動けない。悲鳴との板挟みになっている間に病院中が騒然とし始めた。

「――っ！」

さすがに放っておけず、多田は宇相吹を断ち切るように部屋を出る。

あとで戻って来ても、奴はもうここにはいないだろう。

わかっていたが、刑事として足を止めることはできなかった。


悲鳴が聞こえる場所まで階段を駆け下りた多田が目にしたものは、想像を絶する光景だった。

理沙の病室近くの廊下は鮮血に染まり、看護師の西冴子が腰を抜かして号泣している。

冴子の目の前には、血まみれになって倒れている榊と、その上に馬乗りになっている理沙の姿があった。

理沙は医療用のハサミで榊の首を滅多《めった》刺しにしている。目を吊り上げ、髪を振り乱すその様は、鬼女そのものだ。

「夢原さん！」

夢中でハサミを振り下ろしている理沙を多田は羽交《はが》い締《じ》めにした。

「やめて！　――やめなさい！」

「離して！　二人がキスをしているのを見たの！　やっぱり克明さんは、この女を好きになって私が邪魔になったのよ！　だからあの男に依頼して私を――！」

「――キ、キスなんかしてません……。先生と話をしていただけです」

冴子は怯《おび》えながら否定している。

きっと彼女の言うとおりなのだろう。理沙は宇相吹に幻覚を見せられたのだ。

「夢原さん、しっかりして！」

多田は渾身《こんしん》の力で理沙を榊から引き離した。榊の首からは血が噴き出し、ピクリともしない。

「やっ、やらないと私が殺されてたの！　信じて！　信じてぇぇぇ！」

病院中に、理沙の慟哭《どうこく》が響き渡る。

惨《むご》い遺体と化した榊を、多田は呆然《ぼうぜん》と見つめるしかなかった。

ラブホテルの一室で、黒いスーツの男から電話を受けた優《ゆう》は、客をベッドで待たせているのも忘れて歓喜した。

「本当に理沙がやったんですね？　もう、めちゃくちゃ嬉しいです！　これからのあの女の人生が楽しみです！　ありがとうございました！」

舞い踊りそうな気分で、優はソファに座る。

体には風呂上がりのタオルが巻かれ、準備万端状態だ。今から本番なので客はさぞかしソワソワして待っていることだろう。

『あと一つ――』

電話の向こうの男が、ボソリと言った。

『理沙さんの車のダッシュボードに入っていたもの。あなたの部屋に届けておきました』

「え？　あ、はい。わかりました……」

男からの電話が途絶え、優は首を傾《かし》げる。ダッシュボードに入っていたものとはなんだろうか。

※

「まぁ、いいか」

優は急いでベッドに駆け寄り、座っている中年男性の背中に飛びついた。

「今ね、すっごくいいことがあったから、サービスしてあげるね！」

色っぽい言葉に期待を膨《ふく》らませ、客はやに下がった顔で優をベッドに押し倒した。


客と別れ、アパートに帰ってきた優は、自分の部屋のドアに立てかけられていた封筒を見つけて足を止めた。

姉の車にあったものとは、きっとこれのことだろう。

部屋に入り、さっそく封筒の中身を取り出すと、あまりにも予想外のものが出てきて驚いた。

それは、華やかな装飾が施《ほどこ》された結婚式の招待状だった。宛名《あてな》は木村《きむら》優様となっている。

まさかと思い、添えられていた手紙を開いた優はますます驚いた。

手紙には、綺麗《きれい》な字で理沙の思いが綴《つづ》られていた。

『優、手紙ありがとう。私ばかり平穏に暮らしてきて、本当にごめんなさい――。お店に来てくれたとき、優だって気づきながら逃げてしまいました。本当は嬉しかったのに、離ればなれになってからの優のことを受け止められなくて、ごめんなさい』

「……お姉ちゃん」

優の手がブルブルと震える。

優しさと後悔《こうかい》に溢《あふ》れた理沙の本心に、胸を打たれ、優は涙を零《こぼ》した。

『今の仕事が嫌なら、もし優がよければだけど、私のお店で働いてくれない？　また連絡するね。本当にごめんね』

手紙の文字は優の涙でほとんど滲《にじ》んでしまった。

「ごめん、お姉ちゃん……ごめん――」

自分はなんて愚かだったのだろう。姉の一部しか見ず、勝手に恨んで、あげくに不幸のどん底に突き落とす依頼までした。

性根が腐っていたのは、姉でも誰でもない。自分自身だった。

今さら気づいても、もう取り返しはつかない。

姉は婚約者を殺し、全《すべ》てを失った。これから彼女の人生は優以上に波乱なものになっていくだろう。

「……私、私は……」

理沙は自分の携帯電話を握りしめた。

しばらくして、ゆっくりと立ち上がり、何かに導かれるように洗面所へ向かう。

昔、テレビで見たことがある。ドアノブでも首を吊れると。

引っ越しした際に使ったビニール紐を何重にもドアノブに結びつけると、姉からの手紙と携帯電話を抱きしめて首を引っかけた。

なぜだろう。遠くなる意識の中、優は黒いスーツの男の声を聞いた気がした。

それは、悲しくなるほど切ない響きで、優の心に突き刺さる。

——愚かだね。人間は……。

第六章

夢原理沙《ゆめはらりさ》を杉並北《すぎなみきた》署に留置して、一息ついた頃には、時計の針は夜九時になっていた。

重い肩を揉《も》みながら溜息をつくと、百々瀬《ももせ》が心配そうに多田《ただ》に寄ってきた。

「顔色、悪いですね、多田さん。……もうこんな時間ですし、帰って休まれたら——あっ、それとも飯食いに行きますか？　朝からほとんどなにも食ってないでしょ？　体に悪いですよ。ラーメン行きましょう。俺がおごりますから！」

なんとか元気づけようとしてくれているのか、百々瀬は妙なテンションで誘ってくる。

こんな時間にラーメンなんか食べたら、胃に悪そうだと内心で苦笑し、多田は遠慮《えんりょ》した。

「ありがとう。でも、今日中に報告書あげときたいしさ。……新人こそ、先に帰って。その図体《ずうたい》で飲まず食わずだったんだから、私より心配だよ。いざってときエネルギー不足で走れませんじゃ話にならないからね」

多田はやんわり断ったつもりだったが、相手にはグサリときたようだ。百々瀬は、背中を丸めて頷《うなず》いた。

「わかりました。多田さんもあんまり無理しないでくださいね」

「ありがとう」

無理やり笑顔を作ると、百々瀬は何度も多田を振り返りながら刑事部屋を出て行った。

そんな姿も、昔飼っていたゴールデンレトリーバーを思い出させる。

百々瀬の思いやりを無下《むげ》にして悪かったが、正直、今は一人になりたかった。

多田は大きく息を吐き出し、報告書を手に取る。夢原理沙の一件、どう記せばいいのか迷っていると、刑事部屋に赤井《あかい》が入ってきた。

「多田、ちょっといいか?」

「はい」

赤井は押収した理沙の携帯電話を差し出し、驚くべきことを口にした。

「夢原理沙の妹が死んだ。……たぶん、自殺だろう」

「えっ?」

「多田から理沙に伝えてくれ。ここに彼女宛《あて》の留守電が入ってる」

多田は唖然《あぜん》としたまま、携帯電話を受け取った。

※

百々瀬の愛するラーメン屋『京《きょう》の華《はな》』は、深夜を過ぎても営業しているありがたい飲食店だ。

こんな仕事をしていれば、食事も不規則になる。独身の百々瀬は遅い時間でも開いている店にどれだけ助けられているかわからない。

客もまばらな店内で、百々瀬はお気に入りのチャーシュー麺《めん》を啜《すす》る。

宇相吹のことで、どうにか多田の力になれないものかと考えながら、箸《はし》を進めているせいか、今日はなかなかスープの旨味《うまみ》を味わうことができない。

やっぱり自分も思ったより食欲がなかったのかもしれないと思っていると、ふと後ろの席に座るカップルの会話が気になった。

男は些細《ささい》なことをネタに、女をずっと罵《ののし》っている。

「――だからさぁ、それでいいと思ってんの？　なぁ。人間の生き方として、間違ってるだろ？　何か言えよコラ！」

女は男に何度も頭を叩かれてるが、懸命に耐えていた。口答え一つしない女に、男はとうとう箸を投げつける。

「聞いてんのかって言ってんだよ！」

「やめろ！」

耐えきれず、百々瀬は勢いよく立ち上がった。眉《まゆ》をぎゅっと引き寄せ、怒りに満ちた顔で二人に近づく。

「暴力を振るうのは最低ですよ。やめましょう」

多田曰《いわ》く、百々瀬は図体《ずうたい》がでかいので、強面《こわもて》になると迫力が違うらしい。男は一瞬びびっていたが、強がってメンチを切ってきた。

「なんだ、貴様コラ！」

立ち上がった男に胸ぐらを摑《つか》まれかけたが、所詮《しょせん》、百々瀬の相手ではない。瞬時に男の腕を取って捻《ひね》り上げた。

「あいたたた！」

そのままテーブルの上に押さえつけると、男は悲鳴を上げた。

「おい、おまえ。こいつなんとかしろよ！」

女に助けを求めるとは、なんて情けない男だ。百々瀬は少し懲《こ》らしめようと捻った腕に更に力を加えた。

「どうしてあんなことをするんですか。どうして優しくできないんですか！」

――刹那《せつな》。

ドオオオオオンッ！

不意の轟音《ごうおん》と爆風が百々瀬たちを襲った。店もろとも、店内にいた者が派手に吹き飛ぶ。百々瀬はカップルと共に店の端に転んでいたが、どうにか意識を取り戻した。だが、体中に激痛が走り、自由に動けない。

どうやら、骨があちこち折れているようだ。

店が爆発したのか？

少なくともガス漏《も》れとは思えない。ガスの臭《にお》いは自分が吹き飛ばされる直前までしていなかった。

ならば、ここ数日連続している爆破事件に巻きこまれてしまったのか。

百々瀬は少し離れている場所で唸《うな》り声を上げている女に気づいた。痛む体を堪《こら》えて這《は》っていくと、女は瀕死《ひんし》の状態だった。男は、すでに息をしていない。

「大丈夫ですか？」

建物の瓦礫《がれき》に挟まれて動けない彼女を百々瀬はなんとか助けようと努力した。――が、

「――！」

天井から、パラリと瓦礫が落ちてきた。

嫌な予感がし、百々瀬はとっさに女の上に覆《おお》い被《かぶ》さる。

ドオオンと音を立てて降ってきた大きな瓦礫は、無情にも百々瀬たちを押しつぶした。

※

杉並北署の取調室には、理沙が虚《うつ》ろな表情で座っていた。

その向かいに腰掛け、多田は小さく頭を下げる。

「こんな時間に、ごめんなさい」

「いいえ。どうせ眠れませんでしたから……」

理沙は顔を上げようとしない。

婚約者殺しとなってしまった彼女に、これ以上追い打ちをかけるのは避けたかったが、多田は思い切って告げた。

「残念ですが、妹の木村優《きむらゆう》さんが、自殺されたようです」

理沙はようやく顔を上げて怪訝《けげん》な表情で多田を見つめた。驚いているというより、意味がわかっていないようだ。

「えっ、ど、どうして……」

「押収したあなたの携帯に、留守電が残っています」

多田は留守電が聞こえるようにスピーカー設定にして、机の上に置いた。

携帯電話からは、啜《すす》り泣く優の声が聞こえてくる。

『お姉ちゃん、ごめん……お姉ちゃんのことが羨《うらや》ましくて、私ウソブキって人に、お姉ちゃんが婚約者を殺すようにしてって頼んだの』

「……！」

『ごめんなさい。私、バカだった……お姉ちゃん、さようなら』

そこでブツリと留守電が途切れた。

「優！　――優！　待って」

理沙は涙を落とし、机の上で携帯電話を囲い込む。まるで、そこに妹がいるように……。

「違うの。克明《かつあき》さんは色んな女の人に手を出してて、私いっつも泣かされてたし、優をウチで働かせたいって言ったら凄《すご》く怒って。そんな人間は身内の恥《はじ》だ、結婚式にも絶対に呼ぶなって……。優はあんな人のために死ななくてよかったのに！」

引きつけを起こしそうなほど泣きじゃくる理沙の姿に、多田は胸が痛んだ。同時に宇相《うそ》吹《ぶき》に対する怒りが静かに湧いてくる。

いったい、あの男はどこまで人を貶《おとし》めれば気が済むのか。

理沙が落ち着くまで付き合うつもりで、多田は彼女を見守る。

どれくらいたっただろうか。彼女の涙がようやく止まった頃、いきなり音を立てて取調室のドアが開いた。

「多田さん、大変です！」

入ってきたのは血相を変えた若松《わかまつ》だった。

取調室の重い様子に気づき、若松は慌てて多田を外へ連れ出す。

「どうしたの」

「すみません、今連絡があって。百々瀬が――」

若松から告げられた一言に、多田は絶句した。


朝になり、多田は若松と一緒に百々瀬が運ばれたという城北《じょうほく》総合病院に駆けつけた。

本当はすぐにでも飛んでいきたかったが、赤井《あかい》に止められたのだ。

今はとても危険な状態だということで、容態が落ち着いた頃に見舞いに行けと言われ、昨夜は家に帰された。

納得はできなかったものの、自分が行ったところでなにもできないのはわかっている。

渋々とは言え、多田たちには赤井に従うしかなかった。

一睡もすることができずにいた多田の元に、百々瀬が一命を取り留めたという連絡が入ったのは出勤前のことだった。

今、多田と若松の前には、生命維持装置に繋《つな》がれた百々瀬が横たわっている。

全身に包帯が巻かれた姿は、体に酷《ひど》い損傷を負っていることを物語っている。あまりにも痛々しくて、彼の母親は耐えられず病室の外に出てしまった。

あの爆発の規模で生きていただけでも奇跡なのだが、それでも、命の危機にさらされ惨《むご》い状態で眠っている我が子を、母親は直視できないのだ。

「……百々瀬が庇《かば》った女性は重体ですが、なんとか一命を取り留めたようです。……百々瀬の体が盾になったことで、致命傷を免れたようで……」

若松の言葉に、多田はグッと込み上げるものを必死で堪えた。

百々瀬は、あんな一瞬の状態であっても警察官としての職務をまっとうした。

宇相吹にかまけているせいで、爆弾魔の捜査がおろそかになっているとは思わないが、こうして同僚にまで犠牲者《ぎせいしゃ》が出てしまうのは、あってはならないことだ。

これでは、警察の力不足だと認めざるをえない。

「――っ」

多田は悔《くや》しさを隠しきれず、拳《こぶし》を握って病室を出る。

扉の前で赤井と話している母親に何か声をかけたかったが、結局なにも言えなかった。

無言で深々と頭を下げると、多田は一歩一歩踏みしめて病院を後にした。

第七章

昨日まで元気いっぱいだった百々瀬《ももせ》と、生命維持装置に繋がれた瀕死《ひんし》の百々瀬。その対比が激しくて、多田《ただ》は未だに心の整理がつかずにいた。

ぼんやりと百々瀬のことばかり考えていると、運転席の若松《わかまつ》が車を停めて言った。

「多田さん、つきましたよ」

「あ……うん」

車は都立岩波《いわなみ》医療センターの裏口に停まっている。

後部座席の多田の隣には、夢原理沙《ゆめはらりさ》が表情を無くしたまま座っていた。

これから彼女を鑑定留置をするため、この病院で精神鑑定を受けさせるのだ。

今後の取り調べや裁判で彼女の精神状態が最大の争点になる。なるべく理沙の有利にことが運べばいいと、多田は願っていた。

「大丈夫？」

「はい」

理沙はわずかに頷《うなず》いた。

多田は雑誌でしか彼女を見たことがないが、あんなに輝いていた彼女の面影《おもかげ》はもうない。髪はボサボサで、目の下にはクマが浮き、顔は青白い。まともに座っていることもできないのか、常に姿勢は猫背《ねこぜ》だ。

今の理沙は、気力というものが根こそぎなくなっている。あまりにも彼女が不憫《ふびん》で、多田はつい手錠《てじょう》を外してしまった。

「いらないでしょ？」

そう問うと、理沙は軽く頭を下げた。

彼女をそのまま診察室に連れて行き、多田は若松と共に側で見守る。いくつかの質問にボソリボソリと答えていた理沙だが、優《ゆう》のことを聞き始めると不意に答えることをやめてしまった。

やがて、辛《つら》そうに肩をふるわせて号泣し始める。

「う……あああああああ！」

「夢原さん、夢原さん、大丈夫ですか？」

「あああああああ！」

医師が声を掛けるが、理沙は涙を床に落として首を激しく振った。

彼女は疲弊《ひへい》しきっている。もう限界だ。

「うん、ちょっと疲れちゃったね。じゃあ、少し休みましょう」

医師が看護師に指示すると、看護師は理沙の肩に優しく手を掛けた。

「夢原さん。こちらのベッドにどうぞ」

診察室の隣の部屋に連れて行き、ベッドへ横たえると、看護師は理沙を周りから遮断《しゃだん》するようにカーテンを引いた。

カーテンの隙間《すきま》から理沙が目を閉じたのを確かめて、多田と若松は部屋を出て行く。

扉の前にあった長椅子《ながいす》に腰掛け、多田は深く息を吐いた。理沙が目を覚ますまで、こちらも少し休むことができそうだ。

「……百々瀬、助かってほしいですね」

部屋の前の壁に寄りかかって、若松がポツリと言った。多田は目を伏せて頷く。

「そうね。爆弾魔の奴、人間の命を弄《もてあそ》ぶなんて許せない。……宇相吹《うそぶき》も同じ」

「宇相吹か……あっちも打つ手がありませんね……」

「あの男、やっぱり殺すしかないのかな」

若松は耳を疑うように多田を凝視した。

「え？　殺せないでしょう。殺そうとしても、あいつのマインドコントロールにかかって返り討《う》ちですよ」

多田はしばらく間を置くと、静かに若松を見つめた。

「私には効力がないの」

「効力がない？　あ、ああ。そう言えば夜目《よめ》さんがおかしくなったとき、多田さんは平気でしたね……」

「そう。だから、私なら殺せる」

真剣な多田に、心なしか若松の目が厳しくなる。

「殺せるって……やったら殺人罪ですよ」

「うん。そんなこと間違ってるよね」

「……」

「……けど、間違ったことをやらないと、あの男を止められないとしたら？」

「俺ならやんないですよ。警察官ですから」

真っ当な言葉が、多田の胸を刺す。

「法を守り、人を見殺しにするのが、正しい……それが警察官か」

納得いかない葛藤《かっとう》が心の中で渦巻《うずま》いていた。

もう、ずっとそうだ。宇相吹にオモチャのナイフを突き立てられたあの夜からずっと……。ひょっとしたら、ある意味自分も宇相吹のマインドコントロールにかかっているのかもしれない……。

しばらくうとうとしていた理沙は、すぐに覚醒《かくせい》して目を開けた。

頭はぼんやりとしているのに、しっかりと眠ることができない。

精神の不調は、理沙から睡眠をも奪ってしまった。

「――あの男、殺すしかないのかな」

ふと、外にいる刑事たちの声が聞こえてきて、理沙は思わず身を起こした。

あの男とは、宇相吹のことだろうか。

ベッドを下り、覚束《おぼつか》ない足取りで扉の前まで行くと、刑事たちの声がはっきりと聞こえた。

多田には、あの男のマインドコントロールが効かない。

なんということだろう。宇相吹に操られることなく立ち向かえる人間がいるなんて。

理沙の闇に光が差し込んだ。

不調など嘘のように、理沙は俊敏な動きでベッドの横にある花瓶《かびん》を鷲掴《わしづか》む。

診察室に誰もいないことを確かめ、流しに花と水を捨てると、近くにあったタオルに花瓶を包《くる》んで床に置いた。力いっぱい踏みつけると、花瓶は籠《こ》もった音を立てて割れた。

どうにか刑事たちに気づかれずに、ガラスの欠片《かけら》を手に入れた理沙は、それをポケットの中に隠す。

たとえ、罪を重ねることになろうとも、自分はやらなければならない。

――そう、あの男に翻弄《ほんろう》され、人生を奪われた優と自分のために……。


どうにか、理沙の鑑定を終わらせた多田と若松は、彼女を杉並北署に戻すため病院の裏口から出た。

多田は理沙の肩を力強く抱く。

「あの男は、私がなんとかする。あなたは優さんの気持ちを繋《つな》いで、ちゃんと生きなきゃ。途切れさせちゃダメだよ」

「はい」

理沙は蚊のなくような声で答えた。彼女が心を取り戻すのはまだまだ時間がかかりそうだ。

もし自殺でもされたら取り返しがつかないと心配した、一瞬の隙《すき》――。

「！」

不意に、理沙が別人のような力で多田の手を払いのけて駆けだした。

そのまま前を歩く若松に突進すると、ポケットからガラスを取り出し、彼の首に突き刺した。

「――ぐあっ！」

「若松！」

彼が押さえた首からは、多量の血が流れている。理沙は屈んだ若松の髪を摑み、その首にガラスの破片を当てた。

よく見ると、花瓶か何かを割ったものに見える。

多田は臍《ほぞ》をかんだ。

やはり、彼女を一人にしておくべきではなかった。

「夢原さん、なにしてるの！」

理沙は若松の命を盾にして、鋭く叫んだ。

「多田さんは運転して！」

「運転って……どこに行くの！」

「いいから、早く！　この人をまた刺してもいいの⁉」

脅《おど》された多田は、言う通りに運転席に乗り込んだ。後部座席には若松にガラスを突きつけたままの理沙が座る。

若松の首から流れる血は危険な量だった。いつ意識を失ってもおかしくない。

「こんなことしてどうすんの！」

叱《しか》りつけるように怒鳴ると、理沙は予想外なことを言った。

「優の気持ちを繋ぐの。宇相吹のところへ行って！」

「えっ⁉」

多田が驚くと、若松が息も絶え絶えに理沙の手を摑んだ。

「あ……あいつの居場所は誰も……」

「そしたら、死んでもらうしかないけど」

若松の手を払い、理沙は強くガラスを首に押しつける。

「やめて！　私がわかる！　――わかるから、紙を取り出していい？」

「ゆっくりね」

多田は紙を鞄《かばん》から取り出して理沙に見せた。あの醜態《しゅうたい》をさらした夜、宇相吹が残していったカードだ。

「これ、あの男から渡されたの」

カードには、西東京《にしとうきょう》市の住所が書かれていた。理沙が見入っている隙に、多田は車に設置されている緊急ボタンをコッソリと押す。

これで、多田たちの身になにか起こったことが、杉並北署の赤井《あかい》たちに伝わるはずだ。

後部座席の若松を案じながら、多田は焦って車を発進させた。

カードに書いてあった住所は、西東京市にある廃墟《はいきょ》となったホテルのものだった。

多田が車を降りると、理沙も若松にガラスを当てたまま降りてくる。

若松は、もうフラフラで歩くのもやっとのようだ。早くなんとかしなければ、彼の命が危ない。

廃墟の中に歩を進めたとたん、多田は身震いした。

一気に体中が粟立《あわだ》ち、吐き気までしてくる。この中に宇相吹がいるかもしれないと思うと、あまりにもらしすぎて、苛立《いらだ》ちが増す。

薄く差し込む外光だけを頼りに階段を上がっていくと、吹き抜けになっていた。そこに置かれたボロボロのソファに宇相吹の姿がある。

彼は多田がやってくるのを知っていたように、顔色一つ変えない。それが、また悔《くや》しかった。

多田が宇相吹を睨《にら》むと、背後で若松が倒れた。

「若松！」

「来ないで！」

理沙はそれでも、若松の首にガラスを当てたまま多田の動きを支配する。

「――随分《ずいぶん》、大勢でいらっしゃいましたね」

少し不満そうな宇相吹に理沙が叫んだ。

「あんたは、今から死ぬの！」

笑みを湛《たた》えて動じない宇相吹に歯噛《はが》みしながら、理沙はポケットから取り出したもう一つのガラス片を多田に突き出した。

「これであの男を殺して！　殺せるのあなただけなんでしょう！」

「！」

彼女は、部屋の前で多田と若松が交わしていた会話を聞いていたのか。だから、こんな暴挙を。

自分たちの迂闊《うかつ》さを悔《く》やみ、多田がガラス片を受け取るのを躊躇《ちゅうちょ》していると、宇相吹がクククと肩を揺らして笑った。

彼はおもむろにソファの下から革袋を取り出し、多田へ放る。革袋から飛び出したのは、複数の刃物だった。

立ち上がった宇相吹に、多田たちは警戒を強める。

「そんなガラスじゃ、殺すのに苦労するでしょう。……それは全部よく切れる本物です」

「！」

　小馬鹿にされた理沙が叫んだ。

「多田さん、あいつを殺して！」

「そうです。僕を止められるのはあなただけなんですよ」

　理沙と宇相吹に促され、多田は本気で迷っていた。

　今ここでこの刃物を手にとって、宇相吹の腹に差し込む。出来ないことはない。相手がそれを望んでいる以上、むしろ簡単なことだ。

　だが……。

「そこの刑事さんを助けたいんでしょう？」

　多田は若松を見る。彼は苦しさの中にあっても必死にやめろと目で訴えてきた。

　若松は、あくまでも刑事としての多田を大切にしてくれているのだ。

「何をしているんです？　さぁ、どうぞ」

　宇相吹は尚も追い詰めてくる。

　多田は気持ちが揺れつつも床の刃物を一つ拾った。しかし、体はどうしても動かない。

　そんな多田に宇相吹がゆっくりと近づいてくる。

「――やっちゃ、だめだ……多田……さん」

虫の息だった若松が、とうとう意識を失った。

「若松……！」

青白い若松の瞼《まぶた》に、多田は我に返る。

「違う……違う。こうじゃない！」

刃物を床に投げ捨てると、宇相吹が興ざめしたように足を止めた。

「最悪だ。失望です」

これ見よがしに宇相吹が肩をすくめた刹那《せつな》、

「ああああああ！」

理沙が大声を上げて刃物を手に取った。

宇相吹に駆け寄ってその首に突きつけるが、男はおもしろくなさそうに一瞥《いちべつ》するだけだ。

「残念ですが、あなたには無理なんですよ」

「――知ってる」

何を思ったか、理沙は突然刃物で自分の首をかき切った。

「夢原さん！」

理沙の首から大量の鮮血が溢《あふ》れ出す。その様を冷酷《れいこく》に見ていた宇相吹の手に、理沙は刃物を握らせた。

よろめいた彼女は宇相吹から離れ、床に倒れ込む。愕然《がくぜん》としてる多田に目を向け、理沙は宇相吹を指さした。

「あの男が……私を……殺した……そう言って――」

「！」

「優と私の気持ち……あなたが繋いで……」

そう告げた直後に、理沙は事切れた。

「夢原さん……！」

「――彼女、やるじゃないですか。あなたよりずっと……」

握らされた刃物をしげしげと眺めている宇相吹に、多田の怒りが爆発した。

「宇相吹ーっ！」

目の前が真っ赤になり、思わず刃物を手に取る。――が、そこへ赤井の声が割り込んできた。

「大丈夫か、多田！」

杉並北署の刑事たちが駆けつけてくれたのだ。

「……っ」

まるで冷たい水を掛けられた気分だった。

赤井の登場で冷静さを取り戻し、多田の手から力が抜ける。落ちた刃物の硬い金属音が、恐怖を自覚させた。

一瞬だったが、確かに多田の中にも狂気はあった。それが怖かった。

「……」

赤井たちが刃物を持った宇相吹に手錠《てじょう》を掛ける中、多田は若松の側に膝をついた。

「若松……！　若松！」

何度呼びかけても、若松は目を開けなかった。肩を震わせる多田の耳に、赤井の声が飛び込む。

「十四時四十二分、殺人の容疑で緊急逮捕！」

多田は若松と死んだ理沙を見やり、そして宇相吹に目をやった。

手錠を掛けられ、刑事たちに押さえ込まれた宇相吹は、多田の目を見つめて大きく唇を曲げた。

※

杉並北署に戻った多田は、喫煙所《きつえんじょ》でぼうっと時を過ごしていた。

手に持ったタバコが微《かす》かに震えている。情けないが、まだ動揺《どうよう》は隠せない。

自分を誤魔化《ごまか》すように無理やりタバコをくわえると、そこに赤井がやって来た。

赤井はタバコに火をつけ一服すると、煙を吐き出して言った。

「……若松、残念だったな……」

多田は返事をする気力もなかった。また同僚を亡くしてしまった。もう、どうしたらいいのかわからない。ふがいない自分に心が折れそうだ。

負の連鎖はどこまでも終わらないのか。宇相吹正《ただし》という男がいるだけで、多田の周りから一人、また一人と大事な人間が消えていくのだろうか。

「百々瀬はまだ意識が戻ってない。危険な状態が続いているようだ」

「……」

多田は目を伏せて、タバコを揉《も》み消した。

何も言葉を発しない多田に構わず赤井は続ける。

「宇相吹は質問に答えようとしない。ただ一言——『多田刑事が、すべてを知っています』とだけだ」

「……！」

宇相吹が多田を試していることはすぐにわかった。思わず顔を上げた多田の目を赤井はまっすぐ見据える。

「あの男が、夢原理沙を切りつけて殺した。間違いないな？」

「……」

なぜか、素直に頷《うなず》けなかった。ここで『はい』と一言答えれば、宇相吹を逮捕することができる。自分の命をかけて宇相吹を追い詰めた理沙に報いることもできる。

だが、多田は若松の顔を忘れることができない。彼は死の間際まで、刑事としての自分を見失わないように声を掛け続けてくれた。

「多田、何を迷ってるんだよ。宇相吹をブチ込めるチャンスだぞ。夜目の仇《かたき》も取れる」

赤井の言うことはもっともで、多田をますます迷わせた。

「……あの男に、会わせてもらえますか」

自分の迷いに決着をつけるためには、宇相吹の前で自分と向き合う。それしかなかった。

取調室に入り、宇相吹の前に座ると、宇相吹はようやくお出ましかとばかりに、声をかけてきた。

「証言したんですか?」

「あんたの顔を見てから証言しようと思ってね」

「夢原理沙でしたっけ? 彼女、手錠をされていたんじゃないですか? あんなことができたということは、あなたの優しさで手錠を外してあげたんでしょう?」

痛いところを衝《つ》かれて、多田はグッと言葉を詰まらせる。

「手錠を外さなければこんなことにはならなかった。その優しさが彼女を死なせ、あなたの部下を殺した。あなたの優しさは自分がいい気分になるための醜《みにく》いマスターベーションです」

宇相吹は容赦《ようしゃ》なく多田を責め続ける。その表情は弱った獲物《えもの》の首を食いちぎろうとする獣のようだ。

大きなショックを受けている多田がよほどおもしろいのか、宇相吹の口は止まらない。

「それとも、私の真似《まね》をして夢原理沙を闇に落とそうとしたんですか? ……まぁ、そのつもりがなかったとしても、やってることは同じです。僕ら似たもの同士ですね。そのマスターベーションで、せめて夢原理沙の気持ちを繋いであげてください」

とうとう、多田は怒りを抑えることができなくなった。宇相吹の頰《ほお》を音が出るほど強く引っぱたく。

多田はじっと宇相吹を睨《にら》み据えた。ともすれば、涙が滲《にじ》んできそうだったが、ぐっと堪《こら》える。

確かに自分の中途半端な優しさが、惨劇《さんげき》を招いたことは否定できない。だが、それは宇相吹の言うような理由からではない。純粋に、ただ純粋に夢原理沙という女性を一人の人間として扱ってあげたかった。

それが正しかったとも、許されていいことだとも思わない。きっと、あのときの自分は刑事失格だったのだろう。だけど……。

「私……私は……」

今、はっきりとわかった。

自分は宇相吹とは違う。どこまでも正義を貫く人間でありたい。たとえ、刑事失格の烙《らく》印《いん》を押されようとも、人間として正しくなければ人など裁けない……。だからこそ、この男の挑発にのって事実をねじ曲げてはいけないのだ。

多田は感情を押し殺して、静かに言った。

「この男は、夢原理沙を殺していません」

目を見開く赤井に、多田はしっかりと真実を告げた。

「夢原理沙は自分で首を切って、その刃物をこの男に持たせました」

「多田……」

静まる取調室の中で、宇相吹は満足げに笑みを湛《たた》える。

その日の夜、颯爽《さっそう》と警察署を後にする宇相吹の背中を、刑事たちは無念そうに見送るしかなかった。

第八章

翌日、多田《ただ》はどうしても百々瀬《ももせ》の顔が見たくなり、城北《じょうほく》総合病院の病室を訪れた。

昏睡《こんすい》状態で未だに目を覚まさない百々瀬を見つめているうちに、堪えていた涙が自然と溢《あふ》れてくる。

「ねぇ……あれで、よかったのかな。……どう思う？」

返事がないとわかっていても、つい口をついて出てしまう問い。

昨夜の自分が出した答えは本当によかったのか。後悔《こうかい》はないのに、迷いはまだ消えない。酷《ひど》い矛盾《むじゅん》だ。

自分の身勝手な正義感が、宇相吹《うそぶき》という人殺しを自由にしてしまった。そのせいでまた大勢の人が死ぬかもしれない。

きっと、自分は一生、あの時の選択を背負って生きていくのだろう。

「……」

多田は涙を拭《ぬぐ》うと、そっと病室を後にした。

早く百々瀬の元気な声が聞きたい。彼の懸命さは、多田にとって忘れていた何かを思い出させてくれる大切なものだった。

「――多田さん」

不意に名を呼ばれ、多田は振り向いた。一瞬、百々瀬の幻聴でも聞こえたのかと思ったが違った。

リュックを背負ったタケルが、心配そうに多田に近づいてくる。

いったい、どうして彼がここにいるのか不思議だったが、嬉しい偶然に張り詰めていたものがほぐれた。

「なにしてるの。こんなところで」

「署に行ったら、多田さんはここだって言われたんで……。いい機会だから僕もお見舞いに来たんですけど……。百々瀬さん、どうですか？」

「うーん。そのうち、ひょいっと起き上がるんじゃない？」

多田は疲れきった顔で曖昧《あいまい》な答えを返した。タケルは多田を覗《のぞ》き込み、弁当の包みを見せる。

「やっぱり、顔色悪いですね。何も食べてないでしょ？　お弁当作ってきたんです」

「……」

思いがけないタケルの優しさに救われ、多田はわずかに笑む。

病室の近くにある長椅子《ながいす》に腰掛けると、タケルが弁当を広げて渡してくれた。

食欲がないなりにも、タケルの気持ちが嬉しくて、卵焼きを箸《はし》でついばむ。

一瞬、またじわりときて、慌てて鼻を啜《すす》った。

「……食べて、ちょっと寝た方がいいですよ？」

タケルには病室で泣いていたことがばれているのかもしれない。まるで、母親のように労《いたわ》ってくれる。

「はい、これ」

水筒に入れてあったお茶を差し出され、多田は素直に飲んだ。すると、なぜか体がフワフワと宙に浮くような感覚に襲われた。

急激にやって来た眠気に逆らえず、多田はタケルに寄りかかる。

「……あれ。どうしたんだろ」

「やっぱり、疲れてるんだ。あっ、上に使われてないフロアがあるんで、そこで休みましょうか」

タケルは力の抜けた多田を近くにあった車椅子に座らせると、リュックから紙袋を取り出して百々瀬の病室に入っていった。

ぼんやりしたまま彼の動向を追っていると、病室から出てきたタケルが、おもむろに多田の車椅子を押した。

紙袋がタケルの手から消えていたことが気になったが、そのうち意識も途絶え、多田は深い眠りに落ちていった。

どれくらい時間が経ったのだろうか。ふと、目覚めると、そこはやけに広いフロアだった。

コンクリートがむき出しで、関係者以外立ち入り禁止の表示が貼ってある。

大きなガラス張りの窓からは街が見渡せるが、電気がついていないせいか、全体的に薄暗い。外の景色には見覚えがあるので、どうやら病院の空きフロアのようだ。

不安を覚えていると、目の前の柱に寄りかかっているタケルと目が合った。

先ほどまで掛けていた眼鏡《めがね》が、彼の顔にはない。その些細《ささい》な違いが、妙に気になる。

「タケル……？」

「お弁当とお茶にね、強めの睡眠薬を入れたんだ」

それは、最近では聞かなくなった彼の冷めた声だった。驚いて立ち上がると、タケルがピシャリと一喝《いっかつ》した。

「勝手に立たない！　そこから動いたら、たくさん人が死ぬよ」

「……な、なに言ってんの」

混乱する多田の前には、ミカン箱ぐらいの小さな台がある。その上に、赤と青、色違いの携帯電話が二つ置いてあった。

　これは何を意味するのか。

「多田さん、昔俺のために泣いてくれたよね？」

　表情一つ変えずに昔話をし始めたタケルに、多田はジワジワと恐怖を感じ始めた。

「あの顔、なんかたまんなくてさぁ、希望を信じ切ってて……。この顔が本当に絶望したときどうなふうに変わるのか見たいなーって」

「……嘘でしょ？」

　信じられなかった。すっかり改心し、自分を慕《した》ってくれていたタケルの言葉とは思えない。

「嘘はあの時から今までの俺の態度。本気で俺が更生《こうせい》したって信じ切ってたよね？　多田さんが俺を信じれば信じるほど、今日この日が楽しみでさぁ」

　窓辺に歩み寄るタケルの顔が逆光で歪んで見える。

　信じられない。信じたくない。

　きっと、これはタケルのイタズラかなにかで、自分は踊らされているだけだ。

　多田の心のあがきを見透かすように、タケルの表情が明るく輝いた。

「壊れちゃう様ってキレイだよね。きっと多田さんも、すっごいキレイな表情を見せてくれると思ったんだ」

　ゾッとする多田に、タケルは二つの携帯電話を指さした。

「それ。両方とも爆弾の起爆装置」

「え……」

「青い方が、この下の百々瀬君の部屋」

「！」

　意識を失う前に見た紙袋が脳裏《のうり》をよぎる。まさか、瀕死《ひんし》の人間の部屋に爆弾を置いてきたのか。

「そして、そっちの赤い方は、あそこのひばり幼稚園」

　タケルが窓の外を見た。確かに、あのあたりには幼稚園がある。百々瀬の病室からでも子供たちが園の敷地で元気に遊んでいるのが見下ろせるくらい近かった。

　無邪気な子供たちのいる場所に爆弾を置いたというなら、鬼畜《きちく》以外の何者でもない。

　多田は愕然《がくぜん》としたまま、必死に自分を立て直そうと努力していた。

「……嘘。私をからかうのが目的なんでしょ⁉」

　一縷《いちる》の望みにすがる多田を、タケルは笑顔で切り裂いた。

「ああ、そういえばね。去年の三鷹《みたか》の爆発と、こないだの公園の爆発。あとラーメン屋の爆発、あれも俺」

「――っ！」

「多田さんがせっかく相棒の常連の店を教えてくれたからさ、やんなきゃね。全部今日のための実験だよ」

「そんな……」

それでは、百々瀬をあんな姿にしたのは、多田自身ではないか。

「あたしが……あんなこと言ったせいで……」

「そう。百々瀬君も災難だよねぇ。迂闊《うかつ》な先輩を持っちゃってさ」

その時の爆発を思い出したのか、タケルの表情がウットリと変わる。

「ずっとこういうタイミングが来るのを待ってたんだ。今日の爆弾は凄《すご》いよ。――ほら、いくよ」

言いながら、タケルは自分が持っていた携帯電話を操作した。とたん、ドーン！　と激しい爆音と共に窓の外の遠いビルから炎が上がる。

衝撃に腰を抜かしてしまった多田とは反対に、タケルは感動して目まで潤ませている。

「……キレイだね。何人死んだと思う？」

「こんなことやめなさい！」

多田は絶望の中で叫んだ。

タケルが……。真面目《まじめ》に更生したはずのあのタケルが。まさか爆弾魔だったなんて。どうしてこんな酷《ひど》いことが起きるのか。

「俺さぁ、多田さんがいなかったらこんなに充実した日々を送れなかったよ。信じてくれてありがとう……ごめんね、裏切っちゃって」

感情の籠《こ》もってない謝罪に、多田は押しつぶされる。それでも、祈るようにタケルへ叫んだ。

「信じて裏切られて……信じて裏切られて！　その繰り返しを私は死ぬまで続けるの！」

「嬉しいなぁ。まだ信じてくれるんだ」

タケルは多田の目線までしゃがんだ。その顔は哀れんでいるようでもあり、本気で感動しているようでもあった。

「信じる――だから、こんなことはやめて罪を償《つぐな》いなさい！」

「じゃあ、やめない」

懇願《こんがん》に近い多田の言葉をタケルはあっさりと拒否した。立ち上がり、二つの携帯電話を顎《あご》で示す。

「さぁ、どっち？　操作は簡単。番号はもう入れてあるからさ。爆発させたい方をリダイヤル。それでドーン！」

多田の絶望は、みるみる怒りに変わっていった。

「タケル……」

立ち上がり、タケルを睨《にら》み据える。

「絶対に償わせるからね！」

「はい、ドーン！　動いたらダメだって。俺の携帯からでもドーンできるんだよ」

困り果てる多田に、タケルは容赦ない二択を突きつける。

「相棒を殺すか、幼い子供たちを殺すか。十分で決めて」

タケルは携帯電話の側に置いていた電子表示のタイマーを押した。十分から時間がカウントダウンされる。

多田は二つの携帯電話を見比べた。

緊張で心臓が弾けそうだ。

もちろん、どちらも選べるわけがない。

「十分たっても選ばなかったら、俺がどっちもドーンするよ？　相棒か子供か。ほら、どっち？」

「……」

もう、多田にはどうすることもできない。絶叫したい気持ちを抱え込んだ、そのとき。

──コッコッコッコッ。

誰もいるはずのないフロアの奥から靴音《くつおと》が聞こえた。見れば、薄闇の中をこちらに向かって歩いてくる者がいる。

「──っ」

その男の姿を目にしたとき、多田は動揺《どうよう》を隠すことができなかった。

なぜ、このタイミングで彼がここにいるのか。

宇相吹正《ただし》は、距離を保って二人の前に立ち止まる。タケルは興がそがれたとばかりに、宇相吹を睨み付けた。

「なにしにきたんだよ。お前の出番じゃないよ」

タケルの言葉に、多田はギョッとした。宇相吹の無言の笑みは何を物語っているのか。

「この男を知ってるの？」

「そうだよ。闇金の木島《きじま》殺しをこいつに頼んだの、俺だよ」

「──っ！　なんですって」

喫茶店で、枯れ葉とガムシロップで殺された男。あの木島殺しを依頼したのがタケルだったなんて。

　奇妙な繋《つな》がりに、多田の背筋が凍り付く。

「爆弾作るのってお金がいるからさ、木島から金借りたんだけど、返すつもりないから、ボランティアの殺し屋に片付けてもらおっかなと思って。――だけど、こいつ、つまんないよ、チマチマ殺してさ。もっと派手にドーンといかないと」

　タケルは隠し持っていた出刃《でば》包丁を手にすると、まるでゴミでも排除するように宇相吹に襲いかかった。

　宇相吹はタケルの動きを完全に見切り、身を翻《ひるがえ》して軽々と交わす。

　相手の舞うような動きについていけず、タケルは無様《ぶざま》な空振《からぶ》りを繰り返すばかりだ。

「――チッ」

　排除がうまくいかないことに苛立《いらだ》ったタケルが、怒り任せに包丁を振り上げる。大ぶりな動きの隙《すき》を突き、宇相吹は出刃包丁を持つ彼の右手を掴《つか》み上げて懐《ふところ》に入り込んだ。

　瞬間、宇相吹の目があの恐ろしい色に染まった。

「――っ！」

　なにか幻影を見たのか、タケルが慌てて宇相吹から離れる。

　脳から恐怖を振り切るように首を振るタケルに、宇相吹が初めて口を開いた。

「五寸釘、打たれたことありますか？」

「え？」

タトゥーの入った人差し指を彼がユラリと動かすと、ただのタトゥーがいきなり五寸釘に変わった。

宇相吹は四本もの五寸釘を、タケルに向かって投げつける。

「うがああ！」

五寸釘は見事にタケルの両手を貫き、その体をダクトに打ち付ける。

身動きが取れずにタケルはもがいているが、もちろん多田の目には釘など見えていない。キリストの磔《はりつけ》のような姿になったタケルが、一人でダクトに背中を当てて苦しんでいるだけだ。

宇相吹は一瞬だけ多田を見ると、落ちた出刃包丁を後ろ手に投げた。そのままタケルに真正面から向き合う。

宇相吹の緩《ゆる》んだ目元が楽しそうで、タケルは噛《か》みつきたい衝動にかられた。

「なに、俺をどうすんの。正義の味方にでもなったつもり？」

「……あなたを殺すように依頼されました」

「ああっ⁉」

「――だ、誰の依頼⁉」

まさか、宇相吹が現れた理由がタケルの殺害だったとは。

多田は本気で焦った。宇相吹正に失敗はない。このままでは、タケルは間違いなく殺される。

「誰の依頼なの！　答えて！」

「――彼の先輩ですよ。居酒屋の」

「――」

タケルの先輩。それはすなわち『桂《かつら》』の櫻井俊雄《さくらいとしお》のことだ。

「彼は言っていましたよ『あいつ、俺よりずっと後に入ってきたくせに、先に調理場任されやがって。しかも、ようやく彼女ができたと思ってたら、タケル狙いで近づいてきただけで、俺には全然気がねぇの。気にいらねぇよ、犯罪者のくせによぉ。だから』――ってね」

「櫻井……そんなくだらねぇ理由かよ……！」

「残念です」

「――やめなさい！　その子には生きて罪を償わせるの！」

多田の静止を待っていたように、宇相吹が振り返った。

「多田さん。この人を救いたければ、僕を殺してください」

多田は一瞬戸惑ったが、覚悟を決めて足元の出刃包丁を拾った。

もう、こうするしかない。

「――っ！」

多田は宇相吹に駆け寄り、その腹に包丁を突き刺した。

「ぐっ！」

宇相吹の体が前のめりに倒れる。腹部にじわりと血が広がり、タケルの手から五寸釘が消えた。

多田は戸惑っているタケルの腹に急いで膝蹴《ひざげ》りを食らわせると、その両手を摑み後ろ手でパイプに通した。

手錠《てじょう》を塡《は》められたタケルは、その場から動くことができなくなる。

「罪を償いなさい！」

多田は彼の持つ携帯電話を床に叩きつけて踏みつぶし、赤と青の携帯電話も真っ二つに折った。

破壊した携帯電話を投げ捨てても、タケルはなぜか余裕だ。

「……残念だけど、どうせ十分後には自動で爆発するんだ。助ける時間はあるかなぁー」

多田はタイマーを見た。残り時間はわずかだ。

「どうせ嘘でしょ！」

「どう思うかは自由。ああ、やっぱいい顔してる」

「黙りなさいっ！」

自分の携帯電話を掛けながら、多田は走る。

『多田か？　どうした』

電話に出た赤井に、多田はまくし立てた。

「赤井さん、ひばり幼稚園と城北総合病院に爆弾が仕掛けられてます！　各所に連絡してください！　幼稚園は――」

多田の声が遠ざかっていく中、タケルは呟《つぶや》いた。

「多田さーん。嘘だよー」

肩を揺らして笑っていたタケルは、突如鬼の形相《ぎょうそう》で叫び、パイプの継ぎ目にガンガンと手錠を打ち付け始めた。手錠が手首に食い込み、血が滲《にじ》んでもお構いなしだ。

「ぬあああああ！」

渾身《こんしん》の力でタケルが手錠を打ち付けたそのとき、パイプが音を立てて繋ぎ目から外れた。流れる水を尻目に、タケルは手錠をしたまま走り出す。

「……」

タケルの足音が聞こえなくなった頃、誰もいなくなったフロアで、宇相吹正はユラリと立ち上がった。

自らの血に濡れた左手を眺め、心底嬉しそうに笑みを刻む。

多田が己に刃を突き立てた。それだけで、とんでもない恍惚《こうこつ》感だ。

でも、まだ足りない。全然足りない。

本当に、彼女は甘い——。

第九章

病院内に非常ベルが鳴り響き、院内放送で緊急避難の指示が流れる。

多田《ただ》は人々の流れに逆らうように、百々瀬《ももせ》の病室に走った。

外来患者の悲鳴や慌てる人々。動けない患者を誘導している看護師たち。病院内はパニックだ。

そんな中、ようやく病室に辿《たど》り着くと、百々瀬はまだベッドに横になっていた。患者を運ぶ職員の手が足りていないのだろう。

ざっと部屋を見回し、紙袋を見つけた多田は、急いでそれを掴《つか》んだ。中を見ると爆弾らしきものが入っている。

とにかくこれをどうにかしなければならない。

百々瀬の無事を確かめると、多田は病室を飛び出した。

エレベーター前に群がる人々を避けながら、病院内のフロア案内を確かめる。

ふと、屋上が目についた。確か、先ほどまでいた場所が空きフロアだった。案内板によると、そこは屋上の真下8階だったらしい。

屋上へ持って行けば、たとえ下の階に影響があっても被害は最小限ですみそうだ。

瞬時にそう判断すると、多田は非常階段を駆け上がった。

多田が爆弾を持って走っている頃、逃げ惑う人々に混じって二階に降りてきたのはタケルだった。

タケルは公衆電話を見つけて駆け寄る。どうにか後ろ手で受話器を外すと、ヒップポケットに入っている財布を取り出した。

手錠《てじょう》はパイプから外れたものの、手首からはどうしても外せない。不自由な動きでプッシュボタンを押そうとするが、うまくはいかなかった。

外からパトカーのサイレンが聞こえ、焦ったタケルは電話機に向かって両膝をついた。

そして、舌を使って一つ一つボタンを押していく。

いくら爆破装置に繋《つな》がる電話を破壊されたとしても、ダイヤルさえ繋がれば、爆弾は起爆する。

用心に用心を重ねて作った爆弾だ。無駄にしてたまるものか。

病院内もこの騒ぎだ。幼稚園も今ごろ避難が始まっているだろう。

獲物《えもの》は逃がさない、絶対に。

死者が出なければ、いくら爆発しても美しくない。

舌で必死にボタンを押し、最後のボタンを押したとき……。

ドオオオオン！

屋上に辿《たど》り着いた多田は、ヘリポートの真ん中に爆弾を置いて外階段を駆け下りようとしていた。その瞬間、激しい爆発音と共に爆弾が大爆発を起こした。

思ったより威力が激しく、多田は階段の踊り場まで吹き飛ばされる。

「──っ」

痛みはあるが、なんとか体は無事のようだ。

もうもうと煙をあげる屋上を見ると、百々瀬の病室でこれが爆発しないで本当によかったと思う。

安堵《あんど》しすぎたのか、体から全身の力が抜けた。それでも、多田は重い体を引きずって階段を降りていく。

「……幼稚園」

そう。爆弾はまだもう一つあるのだ。

病院の屋上が派手に音を立てて揺れた。

建物内にいるせいで、あのキレイな煙と炎が見えないのが残念だったが、タケルは爆発に興奮した。

感動を隠しきれない表情で、タケルは再び公衆電話に向き直る。

「よし、次は子供たちいくぞ！」

もう一つの標的の電話番号を舌で押そうとした。が——。

「あなたの、爆弾ですが——」

不意に男の声がした。

タケルが声の方角を見ると、離れたところに宇相吹《うそぶき》が立っていた。

宇相吹は腹から血を流しているのに、それを感じさせないほどしっかりとしている。

「！」

呆気《あっけ》にとられていると、宇相吹の目が妖しく光った。

彼の目から恐ろしいイメージが湧き出してくる。脳を直接かき混ぜられているような不快感がたまらない。自分があらゆる嫌悪《けんお》の塊《かたまり》になったような錯覚《さっかく》を覚え、タケルは何度も浅い呼吸を繰り返した。

「——ほら、足元にありますよ」

そう言われて、タケルが足元を見ると、なぜか幼稚園に置いたはずの紙袋があった。中には自分が作り上げた爆弾が入っている。

「――――！」

絶句するタケルに、宇相吹は携帯電話を見せた。

きっと、液晶には起爆装置の番号が表示されているのだろう。

タケルは潔《いさぎよ》く諦めて口元を緩《ゆる》める。いっそ清々しいほどの敗北感だ。

「……凄《すご》いな、あんた」

ポロリと出た賛辞は本物だった。

宇相吹正《ただし》には敵《かな》わない。タケルは完全に負けを認めたのだ。

「あなたは、人生が終わるときのことを考えたことがありますか？」

思いがけない問いに、タケルは目を細める。

体中から喜びが湧き上がった。自分でもはっきりと自覚していなかった答えが、そこにある気がした。

「……あるよ。終わらせてくれるの？」

宇相吹の唇がニタァと曲がる。

「おめでとう。地獄が待っています」

ピッ。

宇相吹の指が携帯電話のリダイヤルを押す。

瞬間――

ドオオオオオン！

タケルの足元の爆弾が大爆発を起こした。

――――。

しばらくして、残された患者を探しに看護師が公衆電話の側に走ってきた。倒れている人物を見つけて、彼女は慌てて駆け寄る。

「大丈夫ですか！」

だが、その足は患者に辿り着く前に止まってしまった。

「きゃあああああああ！」

彼女が見たものは、皮膚《ひふ》が焼けただれ、全身真っ赤に腫《は》れ上がったタケルの姿だった。

タケルの息はすでにない。いったい、彼は何にその体を焼かれたというのだろうか。

周囲には死因に繋がるようなものは一つもなかった。

警官や患者たちでごった返す病院の裏口から、一人の男が外へ出た。

腹から流れる血を押さえ、宇相吹はよろめく体で植え込みに携帯電話を投げ捨てる。

それは多田が踏みつぶして破壊した、タケルの携帯電話だった。


外階段の踊り場にいた多田に赤井《あかい》から電話がかかって来たのは、屋上で爆発が起こってから間もなくのことだった。

『幼稚園の爆弾は無事に処理された。お疲れさん』

「――――！　よかった」

すべて、自分でどうにかしようとしなくても、多田には頼もしい仲間がいたのだ。それを失念していたなんて、どうかしていた。

己のおごりを恥じながら、多田は見えない赤井に頭を下げた。

「ありがとうございます。おつかれさまでした！」

電話を切り、ようやくしっかりと立てるようになった多田は、手すりにつかまって階段を下りる。

爆発のせいで、すっかり顔も服も汚れてしまったが、気にしてはいられない。

それでも一応気を遣って、服の汚れを払いながら百々瀬の病室に入ると、百々瀬は騒ぎなど知らぬ様子で静かに眠っていた。

無事でよかった。

ただ、その思いで寝顔を見つめる。すると、不意に百々瀬の瞼《まぶた》が動いた。

「!」

病院内の騒ぎに叩き起こされた子供のように、百々瀬がわずかに顔をしかめる。

「ん……」

完全に開いた目に、多田は驚きつつ何事も無かったように微笑《ほほえ》んで見せた。

「……よう」

「あ……あれ?」

百々瀬は弱々しい手で酸素マスクを外した。

「夢かなぁ……凄《すご》い美女が目の前に……」

「夢じゃないよ」

相変わらず暢気《のんき》な可愛《かわい》い後輩に、多田は満面の笑みで敬礼した。

「百々瀬巡査長、おかえり!」

「……」

百々瀬は何度か目を瞬いた後、嬉しそうに小さく敬礼を返した。

終章

二ケ月後、百々瀬《ももせ》の姿は城北《じょうほく》総合病院のリハビリ室にあった。今日が非番の多田《ただ》も、見舞いがてら彼のリハビリに付き合っている。

百々瀬はまだ覚束《おぼつか》ない足取りだが、リハビリ器具を使えば、歩けるまでに回復していた。医者が言うには脅威《きょうい》の回復力だという。

痛みに耐えて必死に体を動かしている百々瀬が、何度かぐらついて倒れそうになる。その度《たび》に駆け寄りたくなる気持ちを抑え、多田は拳《こぶし》を握って彼を見守った。

汗を掻《か》きつつも懸命に一歩一歩進み、自分の目の前まで来た百々瀬に、多田は満面の笑みで親指を突き立てた。

「やるじゃん、百々瀬！　この間より随分《ずいぶん》動きがよくなってるよ」

「そ、そうですか？」

百々瀬は照れたように頭を掻《か》いた。

未だに名前で呼ぶと嬉しそうな顔をするので、多田は少しだけ後ろめたい気持ちになった。思えば、爆破に巻きこまれる前の彼には厳しくあたりすぎたかもしれない。

どうやら百々瀬は褒《ほ》められて伸びるタイプだったらしい。名前を呼ぶだけでこんなにがんばれるなら、早く呼んであげればよかった。

「でも、リハビリもほどほどにして、あんまり焦らずにね」

ハッパをかけすぎてもいけないと思って発した言葉だったが、急に百々瀬は真顔になった。

「焦りますよ。……焦らなきゃいけないんです」

「……」

「じゃなきゃ、多田さんと一緒に宇相吹《うそぶき》を逮捕できないでしょ」

「百々瀬……」

「隣、あけといてくださいね！」

そう言うと、百々瀬は再びリハビリに励《はげ》みだした。

もう、多田のことなど見ていない。

「……」

多田は複雑な気持ちで窓の外に目をやった。

一連の事件のあと、タケルは被疑者死亡のまま爆破犯として書類送検された。

一方、宇相吹正《ただし》については、あいかわらず不能犯として警察は手を出せずにいる。

タケルの事件以来、多田は宇相吹とは会っていない。また、いつかあの男が犯罪を犯したとき、多田はいつでも奴と対峙《たいじ》するつもりで、今日も刑事を続けている。

そんな自分と、百々瀬が同じ気持ちでいてくれることが嬉しかった。相棒として彼が横に帰って来る日もそう遠くないだろう。

「……待ってるよ、相棒」

その日を楽しみにしつつ、多田はそっとリハビリ室を後にした。

それから数日後。杉並北署《すぎなみきた》の管内で女性が殺された。

不可解な事件の聞き込みに奔走《ほんそう》していた多田は、黒いスーツの男の姿が目撃されていることを突き止めた。今回も、また宇相吹の犯行なのか。

現場近くにある大きな公園に足を踏み入れ、多田は適当な人間を探す。

公園のシンボルとも言えるやたらと高い階段を上れば、見えてくるのは大きな広場だ。

そこは見晴らしがよいので、人々が多く集まる場所だった。

事件と同じ時間帯だったら、頻繁《ひんぱん》に公園に通っている人物がなにかを目撃しているかもしれない。

今日に限ってヒールを履《は》いてきたことを後悔《こうかい》しながら、急いで階段を上っていると、ふと妙な気配を感じた。

顔を上げた瞬間、その目に映った人物を、多田は信じられない面持《おもも》ちで見つめる。

「あんた……」

階段の半ば、踊り場になっている場所に宇相吹正が立っている。

何度、邂逅《かいこう》してもこの男の気味悪さには慣れない。恐怖に負けそうになる気持ちを堪《こら》え、腹に力を入れていなければ、まともに顔を見ることもできないだろう。

「お元気そうですね」

宇相吹は階段を下りながら、多田に声を掛けた。

自分と違い、まるで古い友人にでも会ったかのように、平然としている宇相吹が憎らしい。

本当はすぐにでも手錠《てじょう》を掛けたい気持ちを抑えて、彼の腹部に目をやる。

「あんたこそ、傷はいいの？」

「ええ。残念ながら急所を外していただいたんで」

宇相吹を刺したことは忘れてはいない。

彼の肉に刃が食い込んでいく感触は、まだ多田の手に生々しく残っている。

あそこで動く決断をしなければならなかったとはいえ、多田は今もあの時のことを後悔《こうかい》していた。

「――で、いつ殺してくれるんですか？」

だが、彼の願いは相変わらずのようだ。

「……いつか私が本気で純粋に殺したいと思ったとき」

「僕はこれからも、人々が自ら望む闇へと導きますよ」

宇相吹の挑発は、いつも多田を苦しめる。だが、負けない。そう決めたのだ。

「私はこれからも、希望を諦めない」

「それじゃあ、僕は殺せませんよ」

宇相吹は残念そうに溜息をつき、多田の横を通り過ぎた。

多田はその背中に宣言する。

「あんたのルールじゃ動かない！　私は私のルールで――」

一瞬、なにがルールなのか多田は考えてしまった。だが、すぐに答えは出る。

これだけは、ぶれない。間違いない。

「私は希望で、あんたを殺す！」

「希望で……？」

背中越しに、宇相吹が多田を振り返る。少し呆気《あっけ》にとられている表情だ。

宇相吹はしばらく多田を観察していたが、やがてニタリと口角を上げて去って行った。

その背中を最後まで睨《にら》み続ける多田の視線を受けながら、宇相吹は穏やかな微笑を浮かべた。

「愚かだね……人間は……」

——ねぇねぇ、電話ボックスの男って知ってる？

——うん、電話ボックスにメッセージを残したら、殺したい人を殺してくれるっていう殺し屋でしょ？　狙われた人は頭がおかしくなって死んじゃう。

——頼んだ人も、殺したい気持ちが純粋じゃないと死んじゃうの。

——悪魔みたい。

——天使かもしれないよ？　悪魔って、元は天使なんだよ。

——私も、あの人、殺したい……。殺してほしい。

——じゃあ、その気持ちは……


純粋なの？


闇の中、ポツリと立つ公園の電話ボックスに、今日も黒いスーツの男が現れる。

人間の死を望む人間たちの醜《みにく》い願望。

人とは、なんと哀れで悲しい生き物なのだろうか。

男は電話の裏に貼り付けられた連絡先を手に取り、電話ボックスを後にした。

赤々と光る男の目だけが、闇の中であがく人々の導《しるべ》となる。
きっと、これから幾人もの人間が、この男に救いを求め、そして壊れていくのだろう。
しかし、奇っ怪な赤光を消せる者は、今は誰もいない……。

完

集英社オレンジ文庫をお買い上げいただき、ありがとうございます。
ご意見・ご感想をお待ちしております。

●あて先
〒101-8050　東京都千代田区一ツ橋2-5-10
集英社オレンジ文庫編集部 気付
希多美咲先生／宮月　新先生／神崎裕也先生

映画ノベライズ
不能犯

集英社
オレンジ文庫

2018年1月24日　第1刷発行

著　者　希多美咲
原　作　宮月　新・神崎裕也
発行者　北畠輝幸
発行所　株式会社集英社
〒101-8050東京都千代田区一ツ橋2-5-10
電話【編集部】03-3230-6352
【読者係】03-3230-6080
【販売部】03-3230-6393（書店専用）
印刷所　大日本印刷株式会社

ISBN 978-4-08-680174-4 C0193